LE CHÂTEAU DES AMOURS MORTES

Liste alphabétique complète des

Romans d'Exbrayat

(Masque et Club des Masques)

	Masque	Club des masques
Aimez-vous la pizza?	700	55
Amour et sparadrap	680	21
Les amoureux de Léningrad	1061	157
Les amours auvergnates	1001	506
Au " Trois Cassoulets "	1154	229
Avanti la musica	715	43
La balade de Jenny Plumpett	1481	
Barthélemy et sa colère	854	354
La belle Véronaise	1210	268
Les blondes et papa	727	126
Bye, bye, chérie	1330	562
Caroline sur son banc	1556	
Ce mort que nul n'aimait	625	133
Ces sacrées Florentines	1046	147
C'est pas Dieu possible	1308	544
Cet imbécile de Ludovic	674	85
Chant funèbre pour un gitan	1012	145
Le château des amours mortes	1608	595
Chewing-gum et spaghetti	665	12
Chianti et Coca Cola	897	33
Le clan Morembert	1098	520
Le colonel est retourné chez lui	875	170
Les dames du Creusot	904	398
Le dernier des salauds	958	454
Des amours compliquées	1457	591
Des demoiselles imprudentes	721	369
Des filles si tranquilles	1123	528
Deux enfants tristes	1423	555
Dors tranquille, Katherine	762	286
Les douceurs provinciales	1744	51
Elle avait trop de mémoire	583	27
En souvenir d'Alice	1469	564
Encore vous, Imogène?	753	118
Espion où es-tu? M'entends-tu?	1761	98
Et qu'ça saute!	1750	106
Félicité de la Croix-Rousse	1033	215
Les fiançailles d'Imogène	1176	197
Les filles de Folignazzaro	797	360
Fini de rire, fillette	1512	568
La haine est ma compagne	1634	593
L'honneur de Barberine	1741	
La honte de la famille	831	478

	Masque	Club des masques
Il faut chanter, Isabelle	992	498
Imogène est de retour	706	110
Imogène et la veuve blanche	1406	572
Imogène, vous êtes impossible	801	140
L'inspecteur mourra seul	638	19
J'aimais bien Rowena	1345	575
Joyeux Noël, Tony	1768	63
Ma belle Irlandaise	1719	
Mandolines et barbouzes	1805	80
Marie de nos vingt ans	1380	
Méfie-toi, Gone!	741	67
Les menteuses	1141	223
Les messieurs de Delft	839	312
Mets tes pantoufles, Romeo	1713	597
Mortimer, comment osez-vous?	969	294
Ne vous fâchez pas, Imogène	647	75
Le nez dans la luzerne	1597	
Notre Imogène	1070	165
La nuit de Santa Cruz	592	378
Olé! toréro	788	303
On se reverra, petite	824	47
Le petit fantôme de Canterbury	1392	
La petite fille à la fenêtre	1188	239
Plaies et bosses	919	59
Le plus beau des Bersagliers	779	88
La plus jolie des garces	1728	
Porridge et polenta	1291	345
Pour Belinda	975	393
Pour ses beaux yeux	1167	537
Pourquoi tuer le pépé?	1220	256
Le quadrille de Bologne	1821	102
Quand Mario reviendra	1240	318
Quel gâchis, inspecteur	814	39
Qui veut affoler Martine?	1278	336
Le quintette de Bergame	978	181
Le sage de Sauvenat	1667	
Sainte Crapule	1256	327
Le temps se gâte à Zakopane	1837	92
Ton amour et ma jeunesse	1227	247
Tout le monde l'aimait	1086	205
Trahisons en tout genre	1566	
Tu n'aurais pas dû, Marguerite	1430	585
Un bien bel homme	1116	277
Un cœur d'artichaut	1536	487
Un garçon sans malice	1782	
Un joli petit coin pour mourir	1020	190
Une brune aux yeux bleus	935	71
Une petite morte de rien du tout	893	414
Une ravissante idiote	1826	114
Une vieille tendresse	1645	
Vous auriez pas vu la Jeanne, des fois?	1755	
Vous manquez de tenue, Archibald	872	384
Vous souvenez-vous de Paco?	616	5
Le voyage inutile	925	441

EXBRAYAT

LE CHÂTEAU DES AMOURS MORTES

LIBRAIRIE DES CHAMPS-ÉLYSÉES

CHAPITRE I

Le chef Bollène était un échantillon humain devenu rarissime : un brave type. Il ne haïssait personne et ne faisait rien pour maîtriser l'inclination le poussant à aimer tout le monde. En dépit de ces faiblesses, Bollène était heureux et ne craignait pas de l'affirmer à qui voulait l'entendre. Léon se disait heureux, d'abord parce qu'à quarante-sept ans, il jouissait d'une excellente santé malgré un léger embonpoint donnant à ce gendarme une allure débonnaire suscitant la sympathie, ensuite parce qu'il adorait son métier, qu'il exerçait depuis trente-deux ans à Révezat, chef-lieu d'un canton du Haut-Vivarais dans l'Ardèche septentrionale, enfin parce qu'il formait avec Colette, sa femme, le couple le plus uni qui se puisse rêver et ce, en dépit de vingt années de mariage. De plus, Léon se sentait profondément attaché à ce pays, au point de ne pouvoir envisager sa retraite ailleurs qu'à Révezat.

Il est six heures du matin, et le soleil printanier, à travers les persiennes closes, met des taches de lumière sur les époux Bollène endormis. La sonnerie du réveil arrache le gendarme et sa femme à un sommeil heureux. Le premier soin du couple, en reprenant pied dans la réalité, est de s'embrasser avec fougue, tout comme au lendemain de leur nuit de noces. Colette est une brune quadragénaire aux appas solides. Elle est de complexion amoureuse et d'un naturel fort gai. Elle aime chanter, rire et manger. Elle est persuadée qu'elle a épousé le meilleur garçon du monde et, chaque jour, le Chef remercie Dieu d'avoir placé Colette sur sa route.

Léon se lève, toujours le premier. Il prépare le chocolat que Colette boit dans son lit tandis que son mari procède à sa toilette, en laissant la porte de la salle de bains ouverte afin de pouvoir bavarder. Quand Bollène réapparaît, rasé de frais, ayant passé ses culottes et mis ses bottes, Colette ne peut s'empêcher de crier son admiration, manifestation qui chatouille agréablement l'amour-propre de son conjoint.

Ayant fini de s'habiller, le Chef vient s'asseoir au pied du lit de sa femme après l'avoir débarrassée du plateau de son petit déjeuner, puis il lui effleure les lèvres dans un baiser qui a un goût de chocolat vanillé. Enfin, prêt à reprendre le collier de la tâche quotidienne, il ouvre toute grande la fenêtre dont il écarte les persiennes avant de lancer d'une voix énamourée :

– Que c'est beau!

A dire vrai, le spectacle qui s'offre à la vue du gendarme n'a pourtant rien d'extraordinaire, ni quoi que ce soit qui puisse soulever l'enthousiasme : une placette ombragée de trois tilleuls, une auge de pierre où coule perpétuellement une eau fraîche pleine des saveurs cachées de la terre. Le soir, quelques vaches viennent y boire avant de regagner l'étable. Colette, elle-même, s'étonne de l'ardeur de son mari à clamer la beauté d'un décor que, quant à elle, elle juge fort ordinaire. Plus faite pour aimer que pour réfléchir, Mme Bollène ne se doute pas que les cris de ravissement poussés par son compagnon, ne s'adressent pas à ce qu'elle voit – comme tout le monde – mais à ce que Léon sait être au-delà de cet abreuvoir, de ces arbres, de ces maisons serrées les unes contre les autres : des vallons où courent des ruisseaux aux eaux transparentes, des collines encapuchonnées de chênes et de hêtres, des champs où travaillent des hommes qu'il comprend et qu'il aime, des prés où paissent des troupeaux et, au-dessus de la Cévenne barrant l'horizon, un faucon immobile qui semble fiché dans le ciel.

⁂

A une centaine de kilomètres de Révezat, presque sur la rive droite du Rhône, le collège Saint-Fortunat, dirigé par des Assomptionnistes, jouit d'une réputation assurée parmi la bourgeoisie ardéchoise et les hobereaux du coin se croiraient déshonorés si leurs rejetons n'étaient pas guidés par les Pères sur les chemins difficiles du baccalauréat.

A Saint-Fortunat, une cloche – maniée par la main ferme et pieuse du préfet des études – règle l'emploi du temps de cette communauté où maîtres et élèves ne se séparent qu'au moment des repas et à l'heure du coucher. Les études sont de belle qualité, la dévotion sans ostentation et la nourriture ne scandalise point les jeunes gens habitués à des tables où se conserve le rite de la bonne chère.

Le collège est composé de bâtiments austères – ancienne ferme fortifiée – qu'égaient un très beau parc et de magnifiques ombrages où les élèves prennent leurs ébats avec distinction. Pour les plus jeunes, interdiction leur est faite de pénétrer dans le parc, un champ ceint d'une barrière blanche leur étant réservé. Parmi les professeurs, le plus populaire est, sans aucun doute, Horace de la Rabatelière qui enseigne le français dans les classes terminales. Un joli garçon de vingt-six ans, élégant, sportif, de très bonne maison et dont on apprécie l'humour. Pendant les récréations, il se promène à la façon de Platon, et de ses disciples répondant aux questions de celui-ci, de celui-là et fournissant allégrement les explications réclamées. Le plus intelligent de ses élèves – Jérôme Vézieux – remarque :

– Monsieur, en traitant de la jalousie chez les dramaturges du XVIIe siècle, vous nous avez parlé de Chimène, de Pauline, de Camille, de Bérénice, d'Andromaque, de Julie, d'Hermione...

– Oui, et alors?

– Pardonnez-moi, monsieur, mais nous sommes quelques-uns à avoir noté qu'à toutes ces héroïnes, vous prêtiez des traits identiques. Nous aimerions savoir si, pour vous, l'héroïne correspond à un seul type, qu'elle soit grecque, romaine ou espagnole, à moins que...

– A moins que?

– A moins que vous ne portiez en vous l'image d'une femme à laquelle vous tenez assez pour la retrouver dans tous les personnages que vous évoquez.

– Monsieur Vézieux, vous êtes terriblement indiscret mais... bougrement perspicace. Allez, filez tous courir un peu. Il ne convient pas de toujours travailler. « *Claudite jam rivos pueri at prata biberunt* ». Traduisez, monsieur Pridel?

– Fermez les ruisseaux, enfants, les prés ont assez bu.

Les disciples s'étant écartés, le jeune maître profite de sa solitude momentanée pour procéder à un examen de conscience. Il devrait se méfier et s'abandonner moins à ses rêves. Il lui fallait se reprendre et ne pas laisser Michèle occuper ainsi toute sa pensée. Mais comment se retourner vers le passé-refuge et empêcher Michèle de s'y glisser? Michèle était si intimement mêlée aux heures, aux années dont il avait le poignant regret qu'il ne parvenait pas à détacher sa pensée d'elle. Horace, les yeux mi-clos, appuyé au tronc d'un platane, ne voyait plus le décor l'entourant. Il était à la Rabatelière. Il se promenait dans le parc, malheureux de ce que sa cousine Michèle ne se trouvât pas à ses côtés et épiant sa venue. Michèle et son rire... Michèle et son odeur de pain frais... Michèle et ses caprices. Michèle et ses défis qui lançaient les adolescents dans des exploits merveilleux ou stupides selon qu'ils les jugeaient eux-mêmes ou que les adultes en appréciaient l'inutile folie. A ces exploits, Agathe, la gouvernante, Alphonse, le jardinier, savaient mettre un terme quand ce n'était pas Yolande de la Rabatelière, la terrible douairière maîtresse du château. Heureusement, son grand âge ne permettait guère à la comtesse de sortir de ses appartements.

– Eh bien, monsieur de la Rabatelière, où voyagez-vous?

Emergeant des brumes dans lesquelles il se perdait avec complaisance, Horace vit la bonne figure toute ronde de l'abbé Callard, préfet des études et courrier particulier du Principal.

– J'essayais d'échapper, un instant, au quotidien, mon Père.

– Soyez gentil de vous hâter vers le bureau directorial, M. le Principal vous y attend.

– Savez-vous pourquoi?

– Monsieur de la Rabatelière! Vous n'ignorez pas que je ne suis jamais dans le secret des dieux!

Sans trop se presser, le professeur traversa en diagonale ce que les élèves fiers d'étudier le grec, appelaient le lycée et, poussant une belle porte de chêne au pied d'une majestueuse tour d'angle, entreprit de monter l'escalier à vis menant au saint des saints et dont la sévérité mettait le Principal à l'abri de bien des visites inutiles.

M. Ponsardier, Principal du collège Saint-Fortunat, était un bel homme au teint fleuri dont la voix, quand il prêchait – aux fêtes carillonnées – faisait courir des frissons de plaisir entre les omoplates grasses et vertueuses des mamans d'élèves. M. le Principal était fort répandu et l'on chuchotait que Mgr l'Evêque ne prenait aucune décision importante sans en avoir d'abord discuté avec lui. Le collège entier redoutait les colères du Principal, sauf Horace de la Rabatelière qui ne voyait vraiment pas pourquoi il eût tremblé en présence d'un personnage bâti comme lui, de chair et de sang.

– Asseyez-vous, Horace.

Le jeune homme obéit.

– Depuis trois ans que vous êtes parmi nous, je n'ai eu qu'à me louer de mon choix.

– Merci, monsieur le Principal.

– C'est pourquoi je suis fâché que vous ternissiez subitement la renommée de cette maison!

– Moi?

– Avez-vous oublié, monsieur, que Saint-Fortunat doit – pour en avoir l'éclat – posséder la transparence du cristal le plus pur?

– Sans doute, mais je ne vois pas en quoi?...

– Cessez de feindre, monsieur, je vous prie!

La patience n'était pas la vertu majeure d'Horace de la Rabatelière. A son tour, il le prit de haut.

– Vous-même, monsieur le Principal, je vous serais obligé de vous exprimer autrement que par énigmes!

– Vous osez!...

– Pardonnez-moi, mais je n'ai pas été habitué à ce qu'on me parlât sur ce ton! Alors, si vous avez quelque chose à me reprocher, faites-le, je vous prie, sans plus de détour!

Le visage cramoisi, le Principal, sans répondre, du bout de la règle qu'il avait la manie de tripoter en parlant, poussa devant son interlocuteur, une feuille de papier :

– Qu'est-ce que c'est?

– Lisez!

Horace jeta un coup d'œil rapide sur les quelques mots qu'on lui mettait sous le nez et sursauta :

– Oh! mon télégramme!

– Sa copie, seulement!

– Mais, que sont ces mœurs? et de quel droit...

– Parce que j'ai la charge de veiller à la santé morale de Saint-Fortunat!

– Au point de vous abaisser à des méthodes aussi méprisables?

– Je ne vous permets pas de...

– Et moi, je ne vous permets pas de vous mêler de ma vie privée!

– Dans ce cas, agissez de telle sorte que ses retombées n'apparaissent pas au grand jour!

– Quel est le salaud qui vous a transmis ce texte? Fernand? Ce ne peut être que Fernand puisque je le lui avais confié pour le porter à la poste.

– Il s'est acquitté de sa mission. Il paraît que votre texte a beaucoup amusé les clients de la Poste qui se trouvaient là.

– J'en suis bien aise!

– Eh bien! pas moi, figurez-vous!

Tous deux soufflaient comme des bêtes prêtes à se sauter à la gorge. Le premier – ainsi qu'il convenait – M. Ponsardier reprit son sang-froid.

– Voyons, Horace... Jusqu'ici, nous nous sommes toujours bien entendus... Il n'y a aucune raison pour que cela change par suite d'un enfantillage.

– Il n'est pas question d'un enfantillage, monsieur le Principal.

– Voyons, vous ne prétendez pas que vous étiez dans votre état normal lorsque vous avez envoyé ce télégramme!

– Tout ce qu'il y a de plus normal, au contraire!

M. Ponsardier lut, à haute voix, le texte incriminé. « T'en fais pas, Biquette, j'arrive! ».

– J'ai rédigé cette dépêche sous le coup d'une émotion profonde.

– Qui vous a fait oublier les règles élémentaires de la syntaxe!

– Sans doute! Dans ces moments-là, on ne songe pas à fignoler des phrases!

– Dommage!... Puis-je vous demander qui est ce jeune animal qui répond au nom de Biquette?

– Ma cousine germaine, Michèle Levigny. Depuis qu'elle sait marcher, je l'appelle ainsi.

– Naturellement, vous l'aimez?

– Naturellement.

– Vous le lui avez dit?

– Non.

– Pourquoi?

– Elle ne me prendrait pas au sérieux. Avec le jardinier et Biquette, je suis la seule personne équilibrée vivant au château. C'est la raison pour laquelle, vraisemblablement, on me tient pour anormal.

– Même Bi... enfin, je veux dire, Mlle Levigny?

– Hélas!... Pourtant je l'aime depuis que je suis en âge de préférer la présence de ma cousine à une tartine de confiture... Longtemps, en dépit des quelques années nous séparant, nous avons vécu dans une totale symbiose malgré nos anatomies différentes que nous explorions mutuellement sans éprouver autre chose qu'un intense étonnement.

– Passons, je vous prie.

– C'est curieux... Maintenant qu'elle ne me montre plus son derrière, j'en rêve...

– Monsieur de la Rabatelière!

– Excusez-moi, mais tout cela est si pur...

– Je voudrais en être sûr. Pourriez-vous me confier ce qui justifiait ce télégramme insolite?

– Un appel au secours. Biquette a peur et réclame ma présence.

– Peur de quoi?

– De la Rabatelière... Un château étrange, monsieur le Principal, un château où l'on meurt beaucoup.

– Que me racontez-vous là?

– Jugez-en vous-même : si le comte Hugues de la Rabatelière est mort à quatre-vingt-treize ans, si sa femme, la comtesse Yolande, a atteint sa quatre-vingtième année, il n'en a pas été de même de leurs enfants. L'aîné, Armand, avait épousé Irène de Rizieux qui mourut en 1968 d'une fausse-couche mal soignée. Son mari, mon oncle, lui survécut trois années avant de succomber à une congestion cérébrale. Ma tante Sylviane, cadette d'Armand, prit pour mari le comte Jean de Jauldes, qui succomba à une crise cardiaque en 1974. Rendue à moitié folle par la disparition de son époux, ma tante se fit écraser en 1978 sur un passage clouté à Valence. Ma mère, Mahaut de Bourecq, en proie depuis ma naissance à des obsessions morbides, se suicida en 1971. Elle avait trente-trois ans. Mon père, Pierre, qui adorait sa femme, se laissa mourir de chagrin. Enfin, ma tante, Armande, la dernière de sa génération, se mésallia – à la grande colère du comte et de la comtesse de la Rabatelière – en épousant Antoine Levigny, un commerçant. Mes aïeux rompirent tout commerce avec leur fille et leur gendre. Le couple disparut, un même jour d'avril 1975, dans un accident d'automobile, laissant une fille, Michèle, dite Biquette.

Il reste donc la troisième génération avec M. l'Aîné, Clotaire de la Rabatelière, héritier du titre. Il a trente-deux ans. Sa femme, Simone de Salornay, a dû être enfermée dans un hôpital psychiatrique après avoir donné un fils, Fabien, mon cousin. Clotaire – persuadé qu'il aurait pu être un grand avocat – passe son temps à plaider d'imaginaires procès d'assises, dans sa chambre quand le temps est maussade, dans le parc lorsque le ciel est beau. Il s'est offert une secrétaire, on ne sait trop pourquoi, ou plutôt on s'en doute fort bien...

– Allons, allons, gardons-nous des ragots qui conduisent vite à la calomnie.

– ... Elle se nomme Mireille Tilleux, compte un peu plus de vingt-cinq printemps et est aussi piquée que mon cousin.

– Plaiderait-elle, elle aussi?

– Non, elle se croit l'étoffe d'une danseuse-étoile, court dans les corridors en effectuant des jetés-battus ou se précipite sur la pelouse du rond-point pour y étudier un pas de deux.

– Et la comtesse supporte tout cela?

– Elle ne sort plus de sa chambre. Agathe, la gouvernante, une soixantaine aussi austère que dictatoriale, règle la vie intérieure du château, avec l'aide de son éternel amoureux, Alphonse, le jardinier, un autre sexagénaire, mais débonnaire celui-là. Mireille s'occupe de Fabien, un bambin de cinq ans, quand elle n'est pas perdue dans ses entrechats.

– Et votre Biquette, dans toute cette histoire, que fait-elle?

– Rien. Elle se contente de rêver.

– A quoi?

– A la possibilité de connaître une autre vie, j'imagine. Vous comprenez, elle est la mal-aimée.

– Pour quelles raisons?

– On la tient pour bâtarde, sous prétexte que son père n'était pas né. Grand-mère, qui n'a jamais pardonné à sa fille disparue, a toujours refusé de voir la petite, même devenue adulte.

M. Ponsardier soupire :

– Et pourtant, la comtesse doit se prendre pour une bonne chrétienne.

– Soyez convaincu que, sur ce sujet, le doute ne l'effleure même pas.

⁂

Le chef Bollène, en cette fin d'après-midi, regarde avec une sorte d'indulgence amusée le gaillard se tenant devant lui, surveillé par un gendarme.

– Enlevez-lui les menottes, Masson, ce n'est quand même pas un criminel... Ne grognez pas, Masson, je sais que vous n'aimez pas les braconniers.

– Ni les pilleurs de poulaillers, Chef, ni tous ceux qui se permettent n'importe quoi en se foutant de la loi.

Léon revient au prisonnier.

– J'ai l'impression que tu as beaucoup de chance, Honoré, que le chef, ce soit moi et non Masson. Alors, qu'as-tu encore fait?

Le bonhomme hausse les épaules.

– Quelques malheureux collets... Il a fallu que le

gendarme Masson rapplique au moment où j'enlevais le dernier. Manque de pot. Faut vous dire, Chef, que je suis obligé de retirer mes collets tous les matins, sans ça, on me les vole – et secouant tristement la tête, il ajoute – : y a plus de conscience...

– Ecoute, Honoré, à cause de ta Marguerite et de tes deux gamins, je passe encore l'éponge pour cette fois, mais je te préviens : c'est la dernière! Si tu es repris, tu pars pour la maison d'arrêt de Valence et tu y attendras l'hiver! Enfin, bon Dieu! tu ne peux pas te conduire comme tout le monde?

– Je vous promets d'essayer, Chef!

– Tu y as intérêt, crois-moi! et maintenant, fous-moi le camp!

– Merci, Chef.

Le braconnier sorti, Bollène s'adresse au gendarme :

– Vous ne m'approuvez pas, hein, Masson?

– Je ne le pourrais pas, Chef.

– Il y a combien de temps que vous servez, Masson?

– Dix-sept ans.

– Alors, je crains que vous ne soyez incurable, mon vieux.

– Je ne comprends pas.

– J'aimerais que vous vous persuadiez, Masson, que nous ne sommes pas des flics, mais des gendarmes. Notre métier est plus de prévenir que de punir. Nous sommes des soldats veillant sur la tranquillité d'une communauté – en l'occurrence, le canton – et non pour y faire régner la terreur. Vous ne pouvez imaginer quelle joie j'éprouve, le soir, avant de me coucher, lorsque je m'appuie à la fenêtre et que je sens la douceur de l'air sur ma peau, que je respire une odeur de foin coupé, que j'entends le meuglement d'une vache et que je vois dans l'ombre des tilleuls, sur la place, rougeoyer le fourneau d'une pipe. Je suis heureux, Masson, parce que je me persuade que cette paix où je baigne, j'en suis le garant. Je gagne mon lit, le cœur en fête. Et le matin, lorsque j'entre dans mon bureau et que je constate que rien de grave ne s'est produit durant la nuit, je suis fier de moi, je suis fier de nous. Alors, pourquoi irais-je rompre cette belle harmonie en flanquant l'Honoré en cabane?

– Parce qu'il a contrevenu à la loi!

Bollène soupire et, d'un ton las :

– Vous n'avez rien compris, Masson, rien... Dommage. Pouvez vous retirer.

Resté seul, le chef se dit que les gens, dans leur ensemble, sont trop compliqués. Ils ne savent plus être heureux simplement. Il faut, sans cesse, qu'ils fassent montre d'autorité à l'égard des plus faibles. Il devait surveiller Masson et calmer sa frénésie de serviteur inconditionnel de la loi. Désormais, il serait l'équipier du placide Bourrileau, qu'une carrière déjà longue mettait à l'abri des foucades du zèle et de l'ambition.

***

Bollène en était là de ses réflexions moroses lorsque, justement, le gendarme Bourrileau se présente.

– Vous arrivez bien, Bourrileau... Masson m'ennuie avec ses menaces, ses bottes... Il veut absolument être craint.

– Je sais, Chef. Conclusion : Masson est un con.

– Bourrileau!

– Excusez-moi, Chef.

– Ne soyez pas si lapidaire dans vos appréciations, même si elles témoignent d'un solide bon sens. Désormais, vous prendrez Masson avec vous et, dans la mesure du possible, vous l'empêcherez de faire...

– Des conneries.

– Bourrileau! C'est bien ce que je voulais exprimer, mais sous une autre forme!

– Soyez tranquille, Chef, je l'aurai à l'œil.

– Merci. Qu'étiez-vous venu me demander, Bourrileau?

– Rien, seulement vous avertir que le nouveau gendarme Maurice Cambourière, appelé à remplacer notre collègue Dupont, parti à la retraite, souhaiterait vous présenter ses respects et se mettre à vos ordres.

– Qu'il entre!

Le gendarme Cambourière attirait, dès l'abord, la sympathie. Grand, blond, le regard clair, il donnait tout de suite envie de l'avoir pour ami. Bollène l'interrogea sur ses états de service et lui déclara que jusqu'à ce qu'il le juge parfaitement rôdé, il l'accompagnerait dans ses visites et tournées.

– Tout le plaisir sera pour moi, Chef.

– On verra, on verra. Pour l'instant, en dépit de l'heure tardive, nous allons nous offrir une petite promenade dans le patelin, histoire de vous familiariser avec les lieux et vous dînerez avec Mme Bollène et moi-même.

– C'est trop aimable!

– Attendez de voir ce qu'il y a au menu!

Et le Chef partit d'un de ces bons gros rires dont la sonorité ample et profonde affirmait l'existence d'un cœur incapable d'une vilénie.

⁂

Le jour tombait, sans violence ni éclat. Le ciel ne montrait point de couleurs dramatiques, mais des teintes légères aux douceurs infinies. Révezat s'enfonçait doucement dans le soir. Le contour des maisons devenait plus flou, les lumières illuminant des décors rassurants, donnaient au village un aspect bon enfant où le chef semblait parfaitement à sa place.

Les deux gendarmes croisaient des silhouettes aux formes de plus en plus estompées au fur et à mesure que l'heure avançait. Les visages se réduisaient à des taches claires. Il n'y avait plus que les voix pour se reconnaître. Léon ne se trompait jamais. Aux « Bonsoir, Chef! » – « Salut, Chef! » – « Ça va, Chef? » – « Toujours sur la brèche, brigadier? » – il répondait, sans la moindre hésitation : « Bonsoir à vous, Berthet! » – « Une belle fin de journée, Joseph! » – « On fait aller, Jean-Marie » – « Les gendarmes ne dorment pas, Maître, ou alors que d'un œil, c'est bien connu! ».

Le jeune Cambourière, un peu surpris, demande :

– Vous ne vous trompez jamais?

– Jamais.

– Mais, comment est-ce possible que vous les reconnaissiez du premier coup?

– Parce que je les aime. Allez, on rentre maintenant, Colette doit s'impatienter. Demain matin, nous ferons une grande tournée pour vous donner un premier aperçu du canton.

***

A table, Colette se conduisait à la façon d'une gamine. Cependant, comme il n'y avait rien d'affecté dans ses mines, on pardonnait à cette rieuse quadragénaire des enfantillages qui, chez d'autres, eussent choqué. Très vite, on finissait par les trouver naturels. Cela, par suite de sa bonne humeur constante, de sa familiarité maternelle et, par-dessus tout, de l'admiration éperdue qu'elle nourrissait envers son conjoint et qui attendrissait plus qu'elle n'irritait. Avant le dessert, le gendarme Cambourière, qui était loin d'être sot (il avait, sur un coup de tête, abandonné la Faculté de Droit pour entrer à l'Ecole de Gendarmerie) éprouvait une tendresse amusée pour ce couple d'éternels amoureux et enviait leur paisible bonheur. On lui fit jurer de revenir souvent partager le repas de son chef et Colette promit de s'occuper sérieusement des besoins vestimentaires du jeune célibataire.

Pendant que Mme Bollène desservait la table – leur hôte ayant gagné sa chambre, un étage au-dessus –, le chef s'enquit :

– Quelle impression t'a-t-il faite, ma chérie?

– La meilleure! Il est bien élevé, il a une gentille frimousse...

– Oh! oh!... tu t'emballes vite, il me semble? En serais-tu tombée amoureuse?

Au lieu de rire, selon son habitude, Colette réplique doucement :

– As-tu pensé, Léon, que si notre fils avait vécu, il aurait son âge?

Le fils unique, mort à cinq ans, était la plaie dont les deux époux souffraient et souffriraient jusqu'à leur mort. Ils évitaient d'y faire allusion. Ce soir, la plaisanterie de son mari avait pris Colette au dépourvu sans qu'elle fut sur ses gardes. Le chef, déjà en caleçon et chaussettes, vint prendre sa femme dans ses bras :

– Ma grande... il faut essayer de ne pas y penser...

– Je sais, mais de temps en temps, ça me remonte au cœur sans que je me méfie.

– Toi, je ne sais pas quelle sottise tu devrais commettre pour que je ne t'aime plus!

– Parce que tu serais capable de plus m'aimer?

Bollène hésite avant d'avouer :

– Non.

⁂

Le lendemain, ainsi qu'il l'avait projeté, Léon se met au volant de sa voiture et emmène son subordonné à la découverte du canton. Le gendarme Cambourière est tout de suite séduit par les paysages qu'on lui montre et dont les commentaires admiratifs de son chef font ressortir les indiscutables beautés. Le jeune homme s'amuse d'un enthousiasme donnant l'illusion du propriétaire vantant son domaine. Il est vrai que tout est magnifique dans ces vallées ressemblant à des failles, dans ces manteaux forestiers épousant les reliefs, dans ces plateaux herbeux piquetés de moutons, dans ces eaux courantes où l'on imagine le passage éclair de la truite, dans ces chemins étroits se cramponnant aux pentes, se glissant entre les collines, filant s'amorcer à une route large, fière de sa qualité de nationale... Un tracteur hoquète dans un champ, un vieux cheval à la croupe osseuse et aux flancs amaigris lève, de temps à autre, le nez pour humer dans le vent cévenol, des odeurs qu'il est seul à reconnaître.

– Qu'est-ce que vous en dites?

– J'en ai le souffle coupé.

Un sourire illumine le visage gourmand de Bollène.

– Vous comprenez, maintenant, pourquoi je ne veux pas quitter cette région.

– Je crois, oui.

– Vous verrez que vous vous laisserez prendre, vous aussi.

– Chef, j'ai le sentiment que si ce n'est déjà fait, c'est en bonne voie.

Léon tape sur l'épaule du gendarme.

– Vous me plaisez, vous...

Les deux hommes repartent dans le soleil matinal, heureux de vivre, heureux d'être ensemble.

– J'ai l'impression, Cambourière, que tout cela m'appartient. Un champ négligé m'est une sorte d'offense, de trahison, comme si celui à qui j'avais confié ce lopin de terre ne faisait pas son métier. Un feu de broussailles m'arrache le cœur, car j'ai peur pour ma forêt. Je suis persuadé que c'est parce qu'ils connaissent ma passion que les gens d'ici ont de l'affection pour moi. Je sais bien que je suis un vieux radoteur, mais je n'ai pas envie de changer.

– Et vous avez bien raison, si vous me permettez de donner mon opinion.

– Merci.

Un détour de la route permet à Cambourière de voir, émergeant d'arbres enserrant un piton, un château qui n'a de féodal qu'une grosse tour médiévale envahie par le lierre et sa situation exceptionnelle. L'effet est d'autant plus saisissant que la construction couronne une éminence surgissant d'une plaine très cultivée. De l'endroit où ils se trouvent, – une corniche assez abrupte – les gendarmes dominent le château. Ils se figurent être en avion. Cambourière montre la propriété à la grosse tour.

– Qu'est-ce que c'est?

– Le château de la Rabatelière.

– Qui appartient?

– A la comtesse Yolande.

– Selon le cliché habituel : une charmante vieille dame?

– Pas du tout! Une hargneuse qui terrorise son entourage.

– Pourquoi?

– Pour le plaisir... Je vous souhaite d'avoir affaire à la comtesse le plus rarement possible. Tiens, un visiteur...

Bollène braque ses jumelles sur le portail d'entrée de la Rabatelière.

– Qui est ce beau... oh! Horace!... Curieux qu'il soit là!

– Un parent?

– Un petit-fils, professeur dans un collège du bord du Rhône... Pourquoi diable est-il ici? Ce n'est pas encore la date des vacances... bizarre...

⁂

Horace a arrêté sa voiture un peu avant le porche donnant accès au parc. Il se glisse par une petite porte percée dans le mur. Ainsi qu'à chaque fois, il sent une espèce de félicité le gagner, en respirant l'odeur des arbres parmi lesquels il a si longtemps joué. Il avance à pas discrets, évitant la façade du château et le regard aigu de la douairière. Il s'apprête à sortir d'un boqueteau dont, jadis, il avait fait une demeure secrète où il ne recevait que Biquette, quand il suspend sa marche en voyant un fantôme blanc passer et repasser dans son champ visuel. Enveloppée de voiles, à la manière de la Loïe Fuller (1), Mireille Tilleux bondit, se tient brusquement sur les pointes et repart dans une course folle agitant, dans chaque main, un bâton qui commande d'immenses voilages. Emu, Horace contemple cette grande fille, mince et blonde, lancée à la poursuite de son rêve et qui, pour l'heure, ressemble à une goëlette ayant mis toute sa toile. Le jeune homme s'éloigne discrètement et ne tarde pas à entendre l'écho d'une harangue enflammée : le cousin Clotaire n'est pas loin. Il le découvre, en effet, dans une clairière, expliquant à des hêtres que Mme Lafarge (2) est innocente du meurtre de son mari et que le jury – tout comme M. l'Avocat Général – s'honorerait non seulement en relaxant Mme Lafarge de toute poursuite, mais encore en lui adressant des excuses. Clotaire met une telle ardeur dans ses

(1) Danseuse américaine, célèbre au début du siècle.
(2) Héroïne d'un procès criminel en 1840.

propos qu'Horace ne peut se tenir d'applaudir. L'orateur se retourne.

– Tu étais là?

– Depuis un moment.

– Ton avis?

– Formidable! Quel dommage que tu ne sois pas né cent cinquante ans plus tôt!

– Tu es gentil... J'aurai tout râté dans ma vie... mon rôle de mari... peut-être que si j'avais su m'y prendre, Simone serait guérie... Mon rôle de père... je ne me sens aucune affinité avec Fabien qui me paraît aussi nerveux que sa mère... mon rôle d'amoureux enfin... Mireille n'est pas heureuse... Elle s'ennuie. Crois-tu que je devrais l'épouser?

– Pourquoi pas?

– Que dirait l'ancêtre, là-haut, dans sa tanière?

– Je ne pense pas qu'il soit nécessaire de le lui apprendre.

– Tu as peut-être raison. A ton avis, comment réagira Michèle?

– Ça ne la regarde pas! Et puis, le plus simple est encore de le lui demander.

– Veux-tu t'en charger?

– D'accord... A tout à l'heure.

Horace s'éloigne, se dirigeant vers la partie la plus sauvage du parc – parce que la plus négligée – refuge habituel de Michèle. Il la trouve, assise sur la souche d'un érable et s'approche d'elle sans qu'elle perçoive sa présence. Il chuchote :

– Alors, on rêve, ma Biquette?

La jeune fille tressaille et un sourire heureux illumine ses traits quand elle reconnaît son cousin.

– Oh! Horace... je suis contente que tu sois là!

– Voilà une réception qui me va droit au cœur!

Pour prouver ses dires, M. de la Rabatelière embrasse sa cousine, un tout petit peu plus longtemps que ne l'exige une simple camaraderie. Michèle ne saurait passer pour jolie avec ses méplats accusés, sa bouche un peu trop grande et ses cheveux noirs plutôt raides, cependant, en plus de ses très beaux yeux, elle a un air sain qui attire les moins enclins à l'indulgence.

– Devinerais-tu, Biquette, que je suis auprès de toi, en ce moment, en qualité d'ambassadeur?

– Sans blague! et qui t'envoie?

– Notre cousin commun, Clotaire de la Rabatelière.

– Qu'est-ce qu'il veut?

– Ton accord pour épouser Mireille Tilleux.

– Elle est bonne celle-là!

– Clotaire est pris d'un désir frénétique de respectabilité. Il veut faire de Mireille une comtesse en la conduisant devant le maire et le curé.

– Si ça lui chante!

– Pourquoi ne pas imiter Clotaire? Tu sais que je t'aime depuis toujours, alors épouse-moi et nous affronterons la vie ensemble?

Michèle ne répond pas tout de suite et quand elle le fait, elle a les larmes aux yeux.

– Je te remercie, Horace... mais ce n'est pas possible...

– Pourquoi?

– Parce que tu ne m'aimes pas vraiment.

– Mais!

– Chut! Je suis sûre que tu es sincère, Horace. Tu crois m'aimer et tu te trompes.

– Je te jure...

– Non! Ce n'est pas moi que tu veux garder près de toi, mais à travers moi, ta jeunesse, le parc et nos aventures enfantines. Les heures enfuies ne reviennent jamais, Horace, et je ne suis plus la petite fille que tu as aimée et dont le fantôme ne te quitte pas. Je n'entends pas me sacrifier à un fantôme, cousin.

– C'est toi qui te trompes, Biquette. Je sens que je ne serai jamais heureux avec une autre que toi. Alors, je m'accrocherai et je finirai, peut-être, un jour, par te convaincre. Ceci dit, je n'imagine pas que tu m'aies appelé pour me confier que tu me refuses en tant que mari?

– Non. Je t'ai appelé au secours parce qu'on a voulu tuer Fabien.

– Qu'est-ce que tu racontes?

– On a voulu tuer Fabien.

– C'est grotesque! Qui aurait eu l'idée de s'en prendre à ce gosse et pourquoi?

– Pourquoi? Je l'ignore et, a priori, il est absurde de penser qu'on puisse désirer assassiner un bambin, mais on l'a fait!

– Tu es certaine de ne pas exagérer?

– Il se passe des choses bizarres à la Rabatelière... Des pierres qui tombent d'un mur au moment où l'on passe, une branche d'arbre sciée de frais et qui te manque de peu...

– L'ennui ne ferait-il pas bouillonner l'imagination de ma Biquette?

– Ah? tu es bien un Rabatelière! Se voiler le regard pour ne pas voir ce qui a lieu sous vos yeux et, ainsi, ne pas avoir de responsabilités dans l'événement!

– Calme-toi, je t'en prie!

– Me calmer? Comment veux-tu que je me calme quand celui qui prétend m'aimer me tient pour une folle ou une menteuse!

– Je te demande pardon, Biquette...

– Avant-hier, en fin de matinée, je revenais vers le château en passant par la citerne où Alphonse garde l'eau pour l'arrosage du jardin, quand je vois le jardinier courant, autant qu'il le pouvait, et portant dans ses bras notre Fabien tout trempé! Avant que je n'aie pu lui poser la moindre question, il m'a crié :

– C'est un miracle que je l'aie entendu! Il gargouillait déjà! J'ai eu du mal à le retirer de la citerne! Je me demande de quelle façon il s'y est pris pour piquer une tête là-dedans!

Horace remarque :

– Les gosses sont toujours fascinés par l'eau...

– Fabien m'a avoué qu'il espérait voir les poissons rouges qu'on avait mis dans la citerne.

– Alors, tout s'explique!

– Non, car il n'y a jamais eu de poissons et l'on n'a jamais eu l'intention d'en mettre. Cela signifie que quelqu'un a menti à Fabien dans l'espoir qu'il se noierait, ce qui a failli se produire, d'ailleurs.

– Mais qui?

– Je l'ignore. Le petit ne veut rien dire, mais je crois qu'il s'agit de Mireille.

– Tu en as parlé à quelqu'un?

– Seulement à Agathe... Elle n'a pas été surprise, d'autant qu'elle déteste Mireille qui, pour elle, sera toujours une intruse, voire une aventurière.

– Je vais m'entretenir avec notre étoile de la danse.

⁂

Sur un dernier saut, Mireille s'arrête pour reprendre haleine quand elle aperçoit le visiteur qui s'approche d'elle. Elle le reconnaît très vite.

– Horace! Quel bon vent vous amène à la Rabatelière?

– L'accident de Fabien qui a manqué se noyer.

– Oui, je suis au courant... Le pauvre gosse...

– Mireille... pourquoi lui avez-vous raconté qu'il y avait des poissons rouges dans la citerne? il a voulu les voir et... vous savez la suite.

– Mais, je n'ai jamais parlé de poissons à Fabien!

– Il vous a pourtant clairement désignée.

– Un enfant!

– Pourquoi aurait-il inventé cette histoire?

– Je ne sais pas... quoique vous en pensiez, Horace, j'aime beaucoup Fabien.

– Je souhaiterais en être convaincu, surtout si vous devenez sa belle-mère.

– Ah! Clotaire vous a mis dans la confidence... Naturellement, vous êtes contre ce projet?

– Pas du tout... Michèle et moi souhaitons que Clotaire soit heureux et nous sommes persuadés que son bonheur passe par vous.

– Merci... Seulement, si vous êtes sincère, comment expliquez-vous le geste odieux dont vous me soupçonnez?

– Je ne l'explique pas, justement.

Après un court silence, la jeune femme suggère :

– Et si l'on avait averti Fabien : Mireille a mis des poissons dans la citerne, tu devrais aller voir?

– Possible, mais qui et dans quel but?

– Je ne sais pas et c'est pourquoi j'ai peur.

– Vous aussi!

– Pourquoi, moi aussi?

– Michèle que je viens de rencontrer m'a également avoué qu'elle avait peur.

– Le tout est de savoir qui, d'elle ou de moi, dit la vérité?

– Peut-être toutes les deux?

– Cela m'étonnerait. Elle ne peut me souffrir.

– Quelle idée!

– Gardez vos illusions si vous êtes sincère, rengainez vos arguments si vous ne l'êtes pas. A tout à l'heure...

Mireille s'éloigne sur une pirouette, laissant Honoré rêveur. Que se passe-t-il à la Rabatelière?

*
**

Même pour ceux qui ne nourrissaient pas la moindre animosité à son égard, la comtesse Yolande évoquait une sorcière de *Macbeth*. Elle avait, à quatre-vingts ans, une vieillesse décharnée. Si on n'était pas de ses familiers, sa première apparition vous laissait l'impression d'entamer un cauchemar. Engoncée dans des flots de dentelles noires où étincelaient de nombreux bijoux, la comtesse offrait un visage plein de creux et de bosses d'où émergeait un long nez busqué surplombant une bouche à laquelle des lèvres presque inexistantes donnaient l'allure d'un coup de sabre. Toute sa vie, la comtesse Yolande avait souffert de l'autoritarisme conjugal. Depuis que Dieu l'avait rendue libre, elle faisait sentir aux autres le poids d'un joug qu'elle-même avait trop longtemps porté. A force de vivre refermée sur elle-même pour y trouver un univers que le comte de la Rabatelière ne pouvait plus régir, elle s'était peu à peu coupée du monde réel et éloignée, à jamais, des siens. Elle demeurait cloîtrée dans une chambre encombrée de meubles du début du siècle et dont elle n'autorisait le nettoyage que de très loin en très loin, si bien que les lourdes tentures, les épais tapis enfermaient des masses de poussière.

A travers le souvenir détesté de son époux, Yolande de la Rabatelière haïssait les hommes et les femmes. Son petit-fils Clotaire accaparait le peu de tendresse dont elle était encore capable. Cependant, elle ne voulait pas entendre parler de Mireille – cette intrigante – et se préoccupait peu de Fabien, son arrière-petit-fils, que sa jeunesse plaçait hors de sa ligne d'horizon. Elle éprouvait une sorte de sympathie amusée pour Horace dont la désinvolture l'irritait tout en lui reconnaissant un esprit d'indépendance la rassurant. En voilà un, au moins, qui ne se souciait pas de son héritage! Quant à Michèle, dont la seule existence perpétuait l'humiliation mal supportée de la mésalliance de sa mère, la comtesse Yolande l'ignorait. Elle agissait de même envers le personnel domestique qui ne comptait pas, à ses yeux, réserve faite pour Alphonse, le jardinier, parce qu'il s'occupait du jardin et du parc. L'aversion qu'elle manifestait envers Agathe tenait essentiellement à ce qu'elle ne pouvait se passer matériellement d'elle et qu'elle acceptait mal la liberté de langage de la vieille servante avec qui elle avait de terribles prises de bec.

Yolande de la Rabatelière passait ses journées à lire des ouvrages pieux et à faire de la dentelle au crochet, tâches qu'elle entrecoupait de sommes plus ou moins longs. Les repas – toujours abondants, la comtesse étant du type vorace – constituaient les points forts d'un monotone emploi du temps. L'entrée d'Horace arracha la vieille dame à sa somnolence.

– Bonjour, grand-mère.

– Ah! c'est toi... Tu ne pourrais pas te faire annoncer?

– Vous êtes ma grand-mère, non?

– Ce n'est pas une raison!... D'abord, pourquoi es-tu ici au lieu d'être dans ton collège?

– Biquette m'a appelé au secours.

– Biquette?

– Allons, grand-mère, vous n'avez quand même pas oublié que nous appelons Michèle, Biquette depuis toujours!

– Ne me parle pas de cette bâtarde!

– C'est votre petite-fille!

– Non!

– Si!

– Serais-tu venu pour m'agacer et porter atteinte à ma santé? Je t'avertis, Horace, que si tu continues de la sorte, je te déshériterai!

– Ce ne sera qu'une fois de plus, grand-mère, et je ne suis pas là pour me quereller avec vous!

– Il n'y paraît pas!

– J'ai tenu, seulement, à vous mettre au courant de certaines choses qui se passent à la Rabatelière et qui expliquent l'appel de Biquette.

Le jeune homme expose à son aïeule le bizarre accident dont avait été victime Fabien et les faits étranges que Biquette avait constatés. La comtesse écoute son petit-fils en témoignant d'une impatience qui va s'accélérant. Elle ne peut attendre la fin du discours de son visiteur.

– Pourquoi te permets-tu de me déranger pour des sottises pareilles?

– Mais Fabien a failli se noyer!

– Tu es fou! Le gamin a commis une bêtise dont il a essayé d'être pardonné en racontant n'importe quoi! Une bonne fessée vaudrait mieux que ce concert de lamentations stupides. Quant aux confidences de Michèle, elles prouvent, une fois de plus, son esprit détraqué!

– Grand-mère!

– Détraqué! Parfaitement! Comme sa mère!

– Oh! tante Armande n'était pas...

– Si... Autrement, comment aurait-elle pu, elle, une Rabatelière, épouser ce pauvre Levigny!

⁂

Le gendarme Cambourière ne comprenait pas que son chef soit disposé à tout sacrifier, y compris les perspectives d'avancement, pour demeurer à Révezat. Léon Bollène incarnait, pour le jeune homme, l'image du gendarme folklorique qu'on ne saurait détacher du village français. Garçon parfaitement élevé, joliment instruit, Maurice Cambourière croyait à la science et à l'intransigeance de la vertu. Décidé à se conformer, point par point, aux impératifs de son métier, le gendarme nourrissait une ambition naturelle : se distinguer au plus tôt et attirer sur lui l'attention de ses supérieurs. Il était à prévoir que le canton de Révezat ne lui offrirait pas la pâture désirée, mais il savait qu'il lui fallait suivre la routine et montrer de la patience jusqu'à ce qu'on l'appelât ailleurs, un ailleurs où il rencontrerait sa chance.

Léon s'apprêtait à remonter en voiture avec son adjoint lorsqu'il suspendit son mouvement en criant :

– Regardez un peu qui nous arrive là! Alors, Chilpéric, où allez-vous de ce pas?

– Je ne sais pas.

Bollène s'esclaffe et, prenant le gendarme à témoin, s'exclame :

– Le plus fort, c'est que c'est vrai!

Cambourière contemple l'individu s'approchant d'eux. Un homme de moins de quarante ans, très droit, sec, avec un visage qui, en dépit d'une barbe de trois ou quatre jours, montre une indiscutable fierté, voire une touche d'arrogance. Bien que vêtu de bric et de broc, le nouveau venu garde une certaine élégance qui, dès l'abord, exaspère Cambourière, respectueux de la tenue et pour qui, la manière de penser dépend – quoi qu'on en prétende – du respect porté à son propre corps.

– Gendarme, voici Chilpéric... un marginal qui ne vous donnera pas de souci.

Le vagabond s'incline :

– Je vous remercie, Chef, de votre bienveillance à mon endroit.

– Chilpéric est quelqu'un de bien... Pour en juger, vous n'avez qu'à l'écouter parler.

– Justement et je m'étonne de...

– Chilpéric a poursuivi de bonnes études. Il est bachelier ès lettres et a fait des études de droit!

– Alors pourquoi...

Le clochard répond en souriant :

– Parce que la société et ses lois ne m'intéressent pas. Je ne supporte pas qu'on porte atteinte à ma liberté. Je préfère mourir, seul, à l'orée d'un bois, plutôt que dans un lit d'hôpital.

Cambourière a horreur de cet état d'esprit. Il remarque, sèchement :

– Un anarchiste, en somme?

Chilpéric hausse les épaules.

– Etant gendarme, vous ne savez raisonner qu'en gendarme. Le chef, lui, oublie son uniforme quand il ne parle pas à un voyou.

– Le chef agit comme il l'entend. Moi, je n'aime pas les marginaux!

– Confidence pour confidence : je n'aime pas les esclaves. Allez, au revoir, Chef, j'avais quelque chose d'important à vous apprendre, mais la présence de votre adjoint me déglingue la mémoire.

Chilpéric s'éloigne, nonchalant, tandis que Cambourière s'indigne :

– Il se moque de nous, ma parole!

– Sans doute, mais vous ne le prouverez pas. Que votre présence lui fasse perdre la mémoire, c'est une constatation, pas une moquerie, encore moins une insulte.

– Il m'a traité d'esclave, tout de même!

– Attention! Il a seulement dit qu'il n'aimait pas les esclaves... Méfiez-vous, mon garçon, si vous tenez à lui chercher noise, vous risquez de tomber sur un bec car le bonhomme est intelligent, connaît bien le droit et a le pays pour lui. Le gendarme Masson qui a voulu l'empêcher a écopé d'une mise à pied de huit jours pour abus de pouvoir répété.

Et, souriant, Bollène conclut avec une sorte de tendresse :

– C'est qu'il est malin, le bougre...

– En somme, vous admirez ce type qui vit en vagabond, n'a pas de métier et fait profession de mépriser la loi?

– Au risque de vous scandaliser : oui.

– Oh! mais... mais pourquoi?

Léon glisse son bras sous celui de Cambourière.

– Je vais vous expliquer. Chilpéric ne cause de tort à personne et ne saurait être considéré comme vagabond, ayant toujours quelques milliers de francs sur lui. Son casier judiciaire est vierge. Disons que c'est un associal.

– Il ne travaille pas!

– Ce n'est pas un crime puisqu'il ne mendie ni ne vole.

– Enfin, il n'a pas de domicile fixe!

– Si!

– Où cela?

– Le château de la Rabatelière.

– Hein?

– Alphonse lui a aménagé une chambre confortable – avec la complicité de la famille, sauf de la vieille comtesse – dans les communs et Agathe, la gouvernante, s'occupe de son linge.

– Mais, pourquoi ces prévenances?

– Parce que Chilpéric vit probablement sous un état-civil en règle aux yeux de la Loi, mais faux pour ceux qui savent et tout le pays sait.

– Il sait quoi?...

– Qu'en réalité Chilpéric Reviers s'appelle Chilpéric de la Rabatelière.

– Non!

– Si! Il est, selon toute vraisemblance, le bâtard d'Arnaud, père de Clotaire, l'actuel chef de famille. Arnaud avait une passion pour les prénoms mérovingiens, Clotaire, Chilpéric... Celui-ci est né d'une servante – Léontine – qu'on envoya accoucher à Nîmes. Au grand soulagement des gens du château, Léontine, à qui l'on avait consenti une pension, mourut avant sa vingt-cinquième année. Une vieille femme s'est occupée du gosse pour lequel elle percevait, mensuellement, une certaine somme. Elle mourut alors que le gamin entrait en apprentissage. C'est alors qu'on a perdu sa trace. Sans doute a-t-il mené une enquête sur ses origines – ce qui n'était pas difficile grâce aux mandats – et on l'a vu réapparaître dans le pays, il y a un an. Il est de peu, le cadet de Clotaire.

– Mais, qu'est-ce qu'il fabrique par ici?

Le chef lève un doigt qui réclame l'attention et, avec une mine de chatte gourmande :

– Justement, Cambourière, rien! et c'est par là qu'il a acquis la sympathie du pays et mon estime!

– Je n'y suis plus du tout!

– Réfléchissez, mon ami... Voilà un garçon qui a été traité de bien vilaine façon par la richissime comtesse de la Rabatelière... Il est le mouton noir de la famille... Il rapplique. On peut s'attendre à ce qu'il casse les vitres et déclenche un énorme scandale pour se venger avant de monnayer son départ. Lui, non. Il se contente de se balader au vu et su de tout le monde sans réclamer quoi que ce soit. La vieille en devient à moitié folle de rage. Elle a cessé d'aller écouter la messe dominicale de Révezat parce qu'elle était sûre d'y voir Chilpéric qui, devant tout le monde, la saluait respectueusement en l'appelant « grand-mère » et en lui offrant de l'eau bénite qu'elle refusait, à la grande joie de l'assistance. Je ne sais pas si vous me comprenez bien, Cambourière? J'aime Chilpéric parce que sous sa défroque destinée à choquer, il témoigne d'une intelligence aiguë.

– Et le reste de la famille?

– Elle tolère la présence de Chilpéric, les uns avec une indifférence amusée, les autres avec une sympathie qui se déclarerait ouvertement si la vieille n'était pas là. Croyez-moi, Cambourière, n'entrez pas inutilement en conflit avec le bâtard, ce serait dangereux.

– Tant qu'il se tiendra tranquille...

Le Chef se campe devant le gendarme et remarque :

– Vous m'inquiétez, Cambourière... Vous êtes intelligent... Vous êtes remarquablement noté. Ce serait dommage que vous preniez notre collègue Masson pour modèle. Maintenant, en voiture, on rentre.

En quelques minutes, les gendarmes ont rattrapé Chilpéric. Bollène s'arrête à sa hauteur.

– Vous êtes toujours fâché?

– Il n'y a que les imbéciles qui demeurent fâchés.

– Alors, vous me dites ce que vous vouliez me confier?

– On a essayé de tuer le petit Fabien.

CHAPITRE II

D'abord, il y a un court silence pendant lequel les gendarmes ont l'air de ne plus respirer, puis le chef exhale un « Nom de Dieu » qui ressemble plus à un râle qu'à une exclamation.

– Expliquez!

Chilpéric rapporte les événements s'étant déroulés à la Rabatelière.

– Pourquoi dites-vous que ce n'est pas un accident?

– Le gosse affirme qu'il a été poussé.

– Qu'en pense la famille?

– Elle ne le croit pas.

– Bon, eh bien! Cambourière, il ne nous reste plus qu'à aller voir. Merci, Chilpéric. En voiture!

Tandis que les gendarmes roulent vers le château, Léon confie à son adjoint :

– Attendez-vous à quelques surprises.

***

Bien qu'il n'en voulut laisser rien paraître, Maurice Cambourière ne put se tenir d'être impressionné par la Rabatelière. Citadin des pays plats du

Nord, il rencontrait en Ardèche, un décor, un climat, des gens qui le déconcertaient quelque peu. Il s'efforçait, pourtant, de ne pas se laisser emporter par ses premières impressions. Cela n'avait pas été le cas avec Chilpéric qu'il ne pouvait comprendre parce que vivant trop loin de la morale qu'on lui avait enseignée.

Bollène surveillait son adjoint du coin de l'œil et s'amusait, intérieurement, d'une sorte de désarroi que l'autre croyait dissimuler.

La grille franchie, le Chef arrête sa voiture sur le rond-point où elle ouvrait. Il montre à Cambourière l'allée qui part à droite.

– C'est la partie la plus sauvage du parc. Chacun des habitants du château trouve le refuge qui lui convient. A gauche, l'allée mène aux Communs et au jardin, domaine d'Alphonse.

– Et de Chilpéric!

– Et de Chilpéric... De Fabien, également... Si on continue dans cette direction, on rencontre un kiosque, imitation des temples d'amour des parcs du XVIIIe siècle. Les femmes de la génération précédente venaient encore y rêver... Aujourd'hui, les demoiselles ne rêvent plus guère.

– Vous le regrettez?

– Sans doute, mais quelle importance? L'allée devant laquelle nous nous trouvons conduit directement au château. Le sentier qui s'en détache se perd parmi les arbres, le Comte s'y rend volontiers. Nous laissons l'auto ici et nous allons, à pied. Ainsi, vous vous familiariserez avec les lieux.

Une jeune femme de chambre balayait le seuil du hall d'entrée lorsque les représentants de la loi gravirent les marches du perron. La demoiselle les regarda venir, bouche bée.

– Mademoiselle, M. le Comte est-il là?

– Non.

– Ah... Savez-vous où il est?

Elle avança de quelques pas et montrant sur sa gauche des bâtiments importants :

– Vous avez qu'à passer devant les écuries... Là, vous verrez un sentier qui pile sous les arbres... M. le Comte doit être dans le coin... Vous l'entendrez, d'ailleurs.

– Il travaille?

Elle hausse les épaules.

– Je ne sais pas. En tout cas, il gueule.

Cambourière frémit en entendant ce témoignage du manque de respect du Tiers-Etat envers les ultimes représentants de la noblesse, mais s'abstient de toute réflexion et suit son supérieur lancé à la recherche de M. de la Rabatelière.

Les écuries dépassées, les gendarmes n'ont aucune peine à découvrir le sentier indiqué par la soubrette. Ils s'y engagent en écartant les branches basses avec des gestes précautionneux Soudain, Léon, qui marchait en tête, s'arrête si brusquement que son adjoint le heurte.

– Ecoutez, Cambourière...

Le jeune homme prête l'oreille. On perçoit des sortes de longues et harmonieuses plaintes étonnamment cadencées. Bollène chuchote :

– Le Comte...

Ils reprirent leur avance et bientôt débouchèrent dans une sorte de clairière au milieu de laquelle un bel homme d'une trentaine d'années vêtu d'une veste de tweed et d'un pantalon de velours, gesticulait et pérorait. Cambourière pensa que, dans ce pays, les gens – qu'ils fussent brigadier de gendarmerie, clochard ou comte – avaient de surprenants comportements. M. de la Rabatelière ne marqua pas la moindre surprise de l'apparition des gendarmes dans son sanctuaire. Au contraire, il les prit à témoins :

– Voyons, messieurs, regardez ce visage et demandez-vous en votre âme et conscience, si c'est celui d'une criminelle, d'une empoisonneuse? Non, messieurs, vous avez devant vous, la victime-type de la mesquinerie provinciale, de la jalousie bourgeoise, de ces haines familiales qui ont, toutes, l'argent pour point de départ. L'accusée étant l'intruse, celle qui n'avait pas le droit d'être là parce que non choisie par la mère – la genitrix autocrate – et il fallait la chasser en usant de tous les moyens, même les plus infâmes! Messieurs, vous ne tomberez pas dans ces pièges sordides et pour marquer hautement votre dégoût, vous acquitterez Marie Capelle qui, pour son malheur, rencontra, un jour, le maître de forge Lafarge!

Se calmant brusquement, Clotaire de la Rabatelière demande, badin, à ses auditeurs inattendus :

– Alors, messieurs, qu'en pensez-vous?

Cambourière s'interroge pour savoir s'il rêve ou non. Léon, lui, semble entrer dans le jeu sans s'imposer, apparemment, le moindre effort.

– C'est beau... Je dirais même... émouvant...

– N'est-ce pas?

Sous les compliments, M. le Comte ronronne. Exaspéré, le jeune gendarme intervient :

– Chef, nous cherchions M. le Comte pour autre chose!

– C'est juste, mon ami, c'est juste...

Clotaire, aimable, approuve :

– Il a tout à fait raison, ce garçon... Quel bon vent vous amène, si toutefois un bon vent peut amener des gendarmes!

Il est le seul à rire de sa lourde plaisanterie.

– Nous sommes là à la suite de l'accident survenu à votre fils.

– A Fabien? Qu'est-il arrivé à Fabien?

– Sa chute dans la citerne.

– Un accident banal!

– Ce n'est pas ce qu'on raconte.

– Qui est-ce : on?

– Le petit, d'abord.

– Allons, donc! Fabien est tout le portrait de sa pauvre maman... ma chère Simone... Vous savez, Chef, ce que fut sa triste fin... Par instants, je redoute que Fabien n'ait hérité de son imagination maladive, de sa capacité de fabulation... Ma pauvre Simone... Je crois que je ne me ferai jamais complètement à son absence – et à la stupéfaction de ses hôtes, Clotaire ajoute – : C'est pourquoi, je songe à me remarier.

Cambourière manque s'étrangler. Bollène ne se laisse jamais détourner de la piste qu'il suit.

– En résumé, vous êtes persuadé qu'il ne s'agit que d'un accident?

– Absolument.

– Chilpéric ne partage pas votre manière de voir.

– Oh! lui... Il cherche sans cesse à nous créer des

embêtements, mais qu'il prenne garde! S'il continue de la sorte, je lui ferai interdire les communs du château et il ira dormir à la belle étoile.

Sceptique, Léon s'enquiert, en souriant :

– Vous le feriez vraiment?

Clotaire hésite, avant de conclure :

– Non, je ne le pense pas.

– Vous me rassurez.

– Chef, il faut m'excuser, mais je dois revoir ma péroraison. Il me semble qu'il y manque encore un brin de pathétique.

– Nous vous laissons à vos travaux.

Alors qu'ils zigzaguent entre les troncs des arbres, Cambourière interroge Léon :

– Il est fou?

– Non... original, seulement.

– Je commence à en avoir assez des originaux!

– Alors, vous n'avez pas fini de souffrir!

S'il se figurait avoir tout vu du monde déconcertant où son supérieur l'introduisait, Cambourière se trompait. Ils n'avaient pas parcouru plus d'une centaine de mètres sous le couvert, qu'une créature enveloppée de voiles et de parfum lui glisse sous le nez en gambadant. Il adresse un coup d'œil désespéré à Léon qui se contente de remarquer :

– Mlle Mireille Tilleux, secrétaire du comte et qui, tout comme son maître, est persuadée de s'être trompée de voie et d'avoir manqué une grande carrière de danseuse. Mademoiselle?

L'artiste ne suspend pas ses exercices pour autant et se borne à adresser un signe amical de la main aux gendarmes. Une suite de pirouettes l'ayant amenée près de Cambourière, elle susurre :

– Vous ressemblez beaucoup à Saint-Jean-Baptiste!

Le jeune homme demeure sans réaction. Certes, les gens que son métier l'avaient contraint à poursuivre, s'étaient permis de le comparer à toutes sortes d'animaux, mais c'était la première fois qu'on lui trouvait des traits communs avec celui que baptisa Jésus dans le Jourdain! Avant qu'il n'ait retrouvé sa présence d'esprit, Mireille ajoute :

– C'est la danse de Salomé qui veut tenter de séduire Baptiste!

– Ah?

Aussitôt, la demoiselle se met à virevolter autour du gendarme, s'enquérant d'une voix haletante :

– Vous me jugez assez sexy?

– Je... je ne sais pas.

– A votre avis, devrais-je ouvrir un peu plus ma tunique sur la poitrine ou la remonter sur mes cuisses?

– Je... je ne... je ne vois pas...

– Enfin, nom d'un chien... Vous avez envie de moi, oui ou non?

– Non!

La réplique brutale casse net le dernier envol de la danseuse qui s'adresse à Bollène.

– Il est en bois ce type?

– Mademoiselle Tilleux, qu'est-il arrivé à Fabien?

– Il lui est arrivé quelque chose?

Le Chef s'emporte :

– C'est invraisemblable! Tout le monde, dans le pays, parle de l'accident dont l'enfant a été victime et il n'y a qu'ici qu'on paraît s'en soucier comme d'une guigne!

– Vous ne voulez quand même pas transformer en tragédie la maladresse d'un gamin désobéissant!

– Et si on l'avait poussé dans l'eau?

– Dans quel but?

– Le noyer, parbleu!

– Quelle horreur!

– Vous l'aimez, ce gosse?

– Pourquoi ne l'aimerais-je pas?

Sur cette réflexion qui ne signifiait rien, Mireille abandonne ses interlocuteurs. Le gendarme Cambourière ne peut contenir son indignation.

– Ce sont des monstres ou quoi?

– Des égoïstes, uniquement préoccupés de leurs personnes.

Remontant vers le château, Léon annonce, tout à coup!

– Voilà le plus sympathique de la bande, Horace de la Rabatelière, cousin du comte.

Cambourière voit un grand garçon, l'air assez désinvolte mais qui, pour l'heure, semble soucieux. En apercevant Bollène, son visage s'éclaire.

– Chef, je suis bien content de vous rencontrer!

– Moi aussi. Vous venez du château?

– Oui. La comtesse, ma grand-mère, m'y a sonné les cloches avec une vigueur qui, en raison de son âge, est un tour de force! Et tout ça, à cause de Fabien!

Les gendarmes échangent un regard d'intelligence. L'air bonhomme, Léon remarque :

– Il paraît qu'il s'est offert une trempette dans la citerne d'Alphonse?

– Je pense plutôt qu'on la lui a offerte.

– Oh! oh!

– C'est d'ailleurs la raison pour laquelle je suis à la Rabatelière au lieu de me trouver à Saint-Fortunat.
– Vraiment?
– Michèle m'a appelé au secours.
– Pourtant, Mlle Levigny m'a toujours paru être quelqu'un de parfaitement équilibré, peu encline à se laisser dominer par ses nerfs.
– Tout le monde peut craquer un jour ou l'autre.
– Pourquoi cet appel au secours?
– A la suite de ce qui est arrivé à Fabien.
– Vous pensez vraiment qu'on a voulu attenter à sa vie?
– Oui.
– Vous doutiez-vous que Chilpéric partage votre opinion?
– Non, mais j'en suis heureux. C'est un homme de cœur et de bon sens.
Cambourière proteste :
– Il ne témoigne ni de l'un ni de l'autre dans la manière de mener sa vie!
– Parce qu'il est détaché des biens matériels!
– Piètre excuse à une paresse monstrueuse!
– Ou preuve d'une sagesse exemplaire?
– Que vous n'imiteriez pas, je suppose?
– Peut-être parce que je n'ai pas son courage...
Craignant que les choses ne s'enveniment, le Chef propose de rejoindre Michèle et d'écouter ses explications.

***

Mlle Levigny, telle la Loreleï sur son rocher rhénan, était demeurée assise sur le gros caillou dont le paysagiste du parc avait cru bon d'orner la petite pièce d'eau où les têtards se faufilaient entre les plantes aquatiques. Michèle attirait la sympathie du premier abord mais Cambourière, que sa propre jeunesse rendait plus sensible que son chef aux problèmes de ses contemporains, fut frappé par l'espèce d'angoisse qu'il croyait deviner dans le regard de celle qu'on interrogeait. Léon s'adressait à Mlle Levigny sur un ton dont la douceur, pour une fois, ne choquait pas son adjoint.

– Mademoiselle, M. votre cousin nous a fait part du véritable S.O.S. que vous lui avez lancé. Est-ce le seul accident de Fabien qui vous a poussée à appeler M. de la Rabatelière au secours?

– Non... l'aventure du petit est la goutte d'eau qui a fait déborder le vase.

– Alors, racontez-nous ce qui a précédé?

– C'est difficile car je n'ai pas de faits précis à vous signaler.

– Dites toujours...

Elle paraît se recueillir un instant avant de se décider.

– Il me semble que tout s'est déclenché à la suite d'une scène violente avec grand-mère.

– A quel propos?

– J'étais allée la voir pour lui demander de me donner un peu d'argent pour me rendre à Annonay, afin d'apprendre un métier. J'ai vingt-deux ans et je ne peux accepter l'idée de vieillir en étant ni une servante ni une fille de la maison. Je souhaitais m'éloigner de ce château où, à part Agathe et Alphonse, personne ne m'aime...

Horace proteste gentiment.

– Tu es injuste, Biquette.

Michèle sourit sans gaieté.

– Je sais... toi aussi, Horace... tu es plus mon frère que mon cousin... mais tu n'es jamais là sauf l'été et il n'est pas possible de fréquenter ouvertement Chilpéric...

– Quelle a été la réaction de votre grand-mère?

– Une colère furieuse, presque démente. Elle m'a déclaré que ma mère avait déjà déshonoré la famille par sa mésaillance et qu'elle ne supporterait pas – bien qu'à ses yeux, je ne sois qu'une bâtarde – que je porte, à mon tour, atteinte à l'honneur des Rabatelière en allant gagner ma vie comme une fille du commun. Elle ne pouvait m'empêcher de partir, mais sans un sou. De toute façon, elle m'a avertie qu'elle me déshéritait. Elle n'entendait pas qu'une Levigny puisse influencer en quoi que ce soit l'avenir du château. Elle tenait à ce que Clotaire d'abord, et son fils après lui, soient les seuls maîtres du domaine. Elle m'a juré qu'elle ferait tout ce qu'il faudrait pour cela. En sortant de chez grand-mère, j'ai rencontré Agathe attirée par les éclats de voix. Je lui ai rapporté mon entretien et elle a foncé dans la chambre de la comtesse. Agathe ne la craint pas car elle se sait indispensable. J'ignore ce qu'elles se sont dit, mais ça criait... En revenant, la gouvernante m'a confiée : « Elle s'est imaginée m'effrayer en hurlant, mais j'ai autant de coffre qu'elle. Je lui ai craché ce que je pensais de sa conduite et que si elle continuait de la sorte, on finirait par l'enfermer à Privas, chez les fous; j'ai évité de justesse la tasse qu'elle m'a flanquée à la tête. Bien sûr, je ne l'ai pas convaincue, mais ça m'a soulagée! »

Le Chef résume son opinion :

– Plus on avance et plus on reste sur place... Plus ça semble s'éclaircir et plus ça s'embrouille. Cambourière, on repart, direction le château!

⁂

Agathe ne voulut pas que les gendarmes interrogeassent Fabien :

– Vous comprenez, il n'a que cinq ans. Il a eu très peur. Heureusement, comme tous les gosses, il oublie vite... Le questionner risquerait de lui faire revivre la scène. Il pourrait en rester marqué.

– Votre impression : il est tombé accidentellement ou on l'a poussé?

– Je ne sais pas. L'enfant, sur le moment, a prétendu qu'il avait été poussé. Maintenant, il est beaucoup moins sûr.

– Vous a-t-il avoué pourquoi, malgré la défense qui lui en avait été faite, il est monté sur la citerne?

– Pour voir les poissons rouges.

– Parce qu'il y a des poissons rouges?

– Eh! non, justement. Il n'y en a jamais eu.

– Comment expliquez-vous, alors, le geste du petit?

– Il m'a soutenu qu'on lui avait chuchoté, en grand secret, qu'Alphonse en avait mis.

Sur ces entrefaits, le jardinier se montre.

– Il nous a flanqué une sacrée frousse, ce maudit gamin! Sur le coup, j'ai bien cru qu'il y resterait! Heureusement qu'il pèse pas grand-chose : je te l'ai empoigné par les pieds et il a bien fallu qu'il rende son eau!

– A votre avis, est-il possible qu'on l'ait poussé?

– Allez deviner! En tout cas, j'ai vu personne.

– Pourtant, quelqu'un l'a pratiquement envoyé à la citerne en lui racontant que vous y aviez mis des poissons rouges. Qui?

– Vingt dieux! si je le connaissais, j'y ferais péter les reins d'un coup de manche de pioche!

– Vous n'avez pas une idée de l'identité de cette personne?

– Ma foi, non... Le gamin ne se rappelle pas. Tout ce dont il se souvient, c'est qu'il s'agissait de quelqu'un qu'il aime bien.

– Mlle Tilleux? Mlle Levigny?

Cambourière qui, décidément, tenait à son idée, suggère :

– Ou Chilpéric?

Alphonse proteste vivement :

– Impossible! Ce matin-là, il m'a aidé toute la matinée à repiquer des salades et à cueillir des haricots. On n'a pas chômé, je vous jure!

Une fois de plus, le chef dut convenir que tout cela ne le menait nulle part et décida de se rendre auprès de la comtesse. Cependant, avant de s'éloigner, il demande à Agathe :

– Il paraît que vous avez eu une sérieuse dispute avec Mme de la Rabatelière, ces jours-ci?

– Bah! ce n'était ni la première, ni sans doute la dernière!

– Pourquoi cette querelle?

– Oh! toujours la même chose! Elle se figure que parce qu'elle est riche, tout le monde doit se soumettre à ses caprices!

*
**

La première réaction de la femme de chambre, quand Bollène la prie de l'annoncer à Mme de la Rabatelière, est négative.

– Vous n'y pensez pas! Elle est en plein dans ses dévotions!

– Demoiselle, si vous ne m'annoncez pas, je me passerai de ce prologue et entrerai quand même. La maîtresse de ces lieux peut jouer les tyrans avec son personnel, pas avec les gendarmes. Compris?

– Oui, monsieur, oui... alors, j'y vais...

– Je vous le conseille.

La porte ouverte, les serviteurs de la loi entendent un torrent d'imprécations déferler jusqu'à eux, puis la voix haut perchée de la vieille dame :

– Juliette, fichez le camp! et dites à ces individus que je les recevrai lorsque je les aurai convoqués, pas avant! Il ne faudrait pas que ces rustauds prennent la Rabatelière pour un moulin!

Bollène commande à mi-voix :

– En avant, les rustauds!

Suivi de son adjoint, le chef pénètre dans l'appartement de la terrible grand-mère, en écartant d'un geste paternel la femme de chambre terrorisée. Cambourière, un peu en retrait, Léon, se figeant en un garde-à-vous impeccable devant la chaise-longue de l'aïeule, salue militairement, en déclarant d'une voix forte :

– Mes respects, madame la Comtesse!

Sur le moment, tous crurent que Yolande de la Rabatelière subissait une attaque et qu'elle allait s'effondrer sous leurs yeux. La bouche entrouverte sur un cri qui ne jaillissait pas, les yeux paraissant sortir des orbites, les crispations secouant les joues flasques offraient un pénible spectacle à ceux obligés de le contempler. Après avoir pris une longue aspiration, la comtesse hurle :

– Vous osez pénétrer chez moi sans y être invités!

– On nous invite rarement, madame la Comtesse.

– Enfin, de quel droit?

– Du droit que la Loi a de se trouver partout chez elle.

– En somme, c'est la Révolution!

– Elle a, madame, un tout autre visage, un visage que je vous souhaite de ne jamais connaître.

– Vous voulez quoi, exactement?

– Vous parler de votre arrière-petit-fils Fabien.

– Encore!

– Pardon?

– Horace est déjà venu me raconter des calembredaines visant à transformer un accident dû à une désobéissance, en je ne sais quel sombre mélodrame!

– Pourtant, l'enfant, lui-même, reconnaît avoir été poussé.

– Sottise! Qui oserait s'en prendre à ce bébé et pourquoi? Tous, nous aimons Fabien!

Cambourière chuchota :

– Même Chilpéric?

Yolande de la Rabatelière, sur sa chaise longue, fait un tel saut qu'on aurait pu croire qu'elle avait été cruellement piquée ou mordue à la fesse.

– Vous avez raison! Seul, ce vagabond de Chilpéric est capable d'une pareille monstruosité!

Bollène s'enquiert sèchement :

– Pourquoi?

– Pourquoi? mais parce que c'est un individu taré, prêt à n'importe quoi!

– Par exemple?

– Par exemple... Oh! vous commencez à m'ennuyer! Si vous faisiez votre devoir, il y a longtemps que vous l'auriez jeté en prison!

– Sous quel motif?

– Ne serait-ce que parce qu'il ne cesse de s'introduire dans ce château sans y être autorisé!

– A-t-on besoin d'autorisation pour entrer chez soi?

– Qu'est-ce que vous me chantez là?

– Dans le pays, madame la Comtesse, on affirme que Chilpéric a autant de droit que M. le Comte à se promener dans la Rabatelière.

– Calomnies! Je poursuivrai ceux qui répandent de pareilles infamies! Des droits sur la Rabatelière, le fils d'une Marie-couche-toi-là!

– Et d'un homme de qualité, à ce qu'on chuchote?

– Sortez! Un gendarme qui colporte des saletés! Sortez! Je me plaindrai au préfet.

⁂

Rentrant sur Révezat, Bollène s'enquiert auprès de son compagnon :

– Vous estimez que j'ai envoyé le bouchon un peu loin?

– Disons que vous y avez été fort.

– Vous savez pourquoi?

– Parce que vous protégez Chilpéric et que tous les ennemis de celui-ci deviennent automatiquement les vôtres.

Léon ne répond pas tout de suite.

– Cambourière, vous me surprenez.

– Vraiment?

– Il semblerait que votre jeunesse doive vous pousser à embrasser le parti du plus faible. Or, au contraire, dès votre première affaire, vous vous rangez du côté des puissants, des riches.

– Je me range dans le camp où j'estime que se tient la vérité.

– Je crains que, pour vous, la vérité ne dépende du décor, du costume... Enfin, cela vous regarde. Maintenant, exposez-moi votre opinion sur les habitants de la Rabatelière.

– Elle est très simple : ou ils sont piqués ou ils nous jouent la comédie.

– Dans quel but?

– Je ne sais pas... et c'est cela qui m'ennuie.

– Je peux vous affirmer qu'ils ne sont pas fous.

– Alors, que veulent-ils cacher?

– Je crois qu'il faut poser le problème autrement : veulent-ils cacher un événement qui a déjà eu lieu ou qu'ils projettent de mettre à exécution.

– Vous ne pensez pas que vous voyez les choses un peu trop en noir?

– Possible.

– Et si l'accident du gosse n'était qu'un accident?

– C'est votre conviction?

Cambourière hésite, puis :

– Franchement, non.

– Voilà... Ce qu'il y a d'exaspérant dans cette histoire c'est que, pour une fois, le bon sens n'est pas de notre côté, puisque la majorité de la famille ne partage absolument pas notre souci.

– Sauf un clochard qui hait les Rabatelière et une jeune fille mélancolique, perdue dans ses rêves et qui ne les aime pas non plus.

– Oui. On fait marcher quelqu'un. Ça m'embêterait que ce soit nous.

– En somme, il s'agit de décider si le petit Fabien a été victime d'une épreuve destinée à nous persuader que le gosse est attiré par la citerne ou s'il y a eu une véritable tentative d'assassinat manquée.

***

Doucement, le soir envahit Révezat. Les lampes s'allument derrière les fenêtres closes. C'est l'instant où chacun est heureux d'avoir un chez soi. On a posé la soupière sur la table et la famille, riche ou pauvre se sent bien. Les âmes pieuses ont une pensée émue pour ceux qui n'ont point de maison et vont au hasard des routes. On a beau se raconter – pour apaiser sa conscience – que ces errants paient pour des fautes autrefois commises, pour des vices dont ils n'ont pas eu le courage de triompher, on est gêné. Toutefois, de songer aux autres qui n'ont pas eu votre chance, augmente égoïstement le plaisir de la sécurité personnelle, un peu comme lorsque du lit conjugal et chaud, on écoute la tempête faire rage au-dehors.

Colette Bollène a posé sur la table cette potée

dont son mari raffole. Léon est habitué aux nourritures fortes et sa femme l'accompagne fort bien sur ce chemin gourmand. S'étant essuyé les lèvres après avoir bu quelques gorgées de Côtes-du-Rhône, Léon déclare :

– Vois-tu, ma cocotte, je ne sais pas si, comme je me le figurais hier, je vais m'entendre tellement bien avec le jeune Cambourière.

– Pas possible! un garçon si bien et qui paraît aimer tellement son métier?

– Justement... Je crains qu'il n'aime que le côté extérieur de notre profession : l'uniforme, le règlement, le Code... et que le côté humain lui échappe complètement.

– Ne le juges-tu pas un peu trop vite? Il n'y a que quarante-huit heures qu'il est là.

– Je me trompe rarement lors de mes premières impressions. J'ai peur, en dépit de son éducation, qu'il ne ressemble à Masson.

– Ils sont si différents!

– Sans doute, mais ils se rejoignent dans un même goût pour la sévérité sans faille.

– Que s'est-il donc passé au cours de votre tournée?

Léon rapporte à sa femme le jugement sévère, immédiat de Cambourière sur Chilpéric, rencontré, et la conviction de sa culpabilité sans que rien ne vienne étayer son accusation.

– Pourquoi agit-il ainsi?

– Parce qu'il est jeune et son manque d'expérience l'assure que les hommes sont blancs ou noirs. Il refuse les nuances. Sa certitude d'avoir raison du premier coup l'empêche de se poser des questions. Impeccable dans son uniforme, dans sa propreté, il a tendance à découvrir un coupable dans celui ou celle qui néglige sa tenue et oublie parfois de se laver. Une réaction épidermique qu'il ne contrôle pas. Enfin, une ambition légitime qui lui fait appeler de tous ses vœux l'affaire où il se distinguera. Pour terminer, j'ajouterai que, frais émoulu des écoles, plein d'un savoir moderne, il me tient déjà, vraisemblablement, pour une vieille baderne sentimentale, peu digne de le commander.

– Tu ne penses pas que tu exagères?

– Espérons-le... J'avais déjà Masson, mais c'est un imbécile, alors si Cambourière vient lui donner la main...

*
**

A l'étage au-dessous, les Masson reçoivent le nouvel arrivant. Masson est un gaillard solide à qui il n'est pas conseillé de résister. Avec lui, on ne craint rien et les ivrognes les plus hargneux le craignent. Foncièrement, Masson n'est pas mauvais mais d'intelligence courte, il se veut esclave de la lettre de la Loi. Il ne possède pas assez de cœur pour admettre qu'il y a des faiblesses qu'on peut essayer de comprendre avant de punir. Sa femme, Louise, apparaît sous l'aspect d'une frêle créature, effacée, silencieuse qui s'étiole à l'ombre de son redoutable époux, ne montrant pas plus d'esprit de condescendance dans son ménage que dans son métier. Louise a cuisiné un lapin en gibelotte. Cambourière mange de bon appétit et tient à féliciter son hôtesse. Masson interrompt le compliment en s'exclamant :

– N'exagérons pas! Un lapin en gibelotte, c'est à la portée de la première imbécile venue! Alors, collègue, allez-vous vous plaire à Révezat?

– Il me semble... Le pays n'est pas mal, du moins pour ce que j'en ai pu découvrir et, si j'en dois juger par les procès-verbaux, la population paraît avoir bon esprit.

– Elle l'aurait meilleur si l'on nous permettait de chasser les brebis galeuses!

– Qui vous en empêche?

– Qui? mais le Chef, parbleu!

– Non?

– Enfin, vous avez vu son attitude quand je lui ai amené Honoré qui, en dépit des remontrances, des menaces, braconne sans se gêner! Un type qui devrait être en prison depuis longtemps! Qu'il soit encore en liberté est un scandale et un exemple déplorable!

– Pourquoi ne le défère-t-on pas devant les tribunaux?

– Parce que le Chef est un sensible. Tant pis pour la Loi si elle se laisse bafouer! Il faut être humain! Sous prétexte que cette crapule d'Honoré a une femme et des gosses, il peut tout se permettre! C'est vraiment trop facile! Pour ne rien vous cacher, travailler dans ces conditions me dégoûte! Plusieurs fois, j'ai demandé mon changement, mais parce que j'ai écopé d'un blâme, on se fiche de mes desiderata! Vous ne devineriez jamais pour quelles raisons, on m'a collé un blâme?

Timidement, Louise essaie de calmer son mari.

– Tu devrais pas parler de ça, Albert...
– Quand j'aurai besoin de tes conseils, je te le ferai savoir, vu? En attendant, occupe-toi de ta vaisselle...
Louise quitte la place.
– Figurez-vous qu'il y a, dans la région, une espèce de type qui refuse de vivre comme tout le monde.
– Chilpéric?
Masson contemple son collègue avec des yeux ronds.
– Alors là, vous m'en bouchez un coin! Vous connaissez le bonhomme?
Cambourière prend un réel plaisir à rapporter sa rencontre avec le vagabond, l'antipathie immédiate éprouvée et son étonnement devant l'attitude du Chef. Masson ricane :
– Vous ne me surprenez pas! C'est le chouchou de Bollène! Cette canaille de Chilpéric peut tout se permettre, on lui donne toujours raison! Une fois, je l'ai surpris en flagrant délit d'escalade du mur d'une propriété privée, la Rabatelière. Vous ne le croiriez pas, mais c'est lui qui m'a engueulé! J'ai le sang vif et m'entendre insulter par ce déchet de la société, ça a été plus fort que moi et j'y ai flanqué une raclée. Naturellement, il a porté plainte, le Chef l'a soutenue et vous savez la suite! Mais bon dieu! je ne voudrais pas prendre ma retraite sans le coincer, le salaud!
– Vous allez, peut-être, en avoir l'occasion.
– C'est pas vrai!
Cambourière rapporte son expédition au château avec Bollène sur dénonciation de Chilpéric. Il

ajoute sa certitude de la culpabilité du vagabond dans cette ténébreuse histoire du fait qu'il est le seul à avoir des motifs solides de détester les hôtes de la Rabatelière!

– Bien sûr! Vous avez parfaitement raison et je suis sûr qu'à nous deux, en dépit du Chef, nous parviendrons à l'avoir, ce saligaud.

Parce qu'il est particulièrement honnête, Cambourière croit bon d'ajouter :

– S'il est coupable, naturellement.

– Naturellement.

Les deux hommes se séparent, enchantés l'un de l'autre. Alors que le jeune gendarme gagne sa chambre de célibataire, Masson se rend à la cuisine en sifflotant et, à la stupéfaction inquiète de Louise, il se met à essuyer la vaisselle.

Ayant fini de fumer sa pipe, accoudé à la fenêtre, Bollène en secoue le fourneau sur la barre d'appui et regarde les petites braises rougeoyantes se fondre dans l'obscurité. Le Chef n'a pas le cœur à l'aise. Il ne comprend pas ce qu'il se passe au château, – si toutefois, il se passe quelque chose – et il s'inquiète de ne pas comprendre. Soucieux, il se dirige vers le grand lit où Colette l'attend.

*
**

Au château, la première lampe qui s'éteint est celle de la comtesse. Après sa lecture pieuse et ses prières récitées sur un prie-Dieu, devant un crucifix, elle appelle Agathe. Elle ne peut souffrir qu'une autre que la vieille servante la déshabille et l'aide à se mettre au lit.

– Je crains de ne pouvoir dormir. Il faudra me donner un peu d'eau de fleur d'oranger.

– Et pourquoi ne dormiriez-vous pas?

– Ces horribles gendarmes m'ont brisé les nerfs.

– Ils ont, pourtant, été très corrects.

– Corrects! Alors qu'ils osent se livrer à des insinuations malveillantes à propos de ce misérable Chilpéric!

– Ils n'ont fait que répéter ce que tout le monde chuchote.

– Et vous la première, si ça se trouve!

Agathe haussa les épaules.

– J'ai autre chose à faire que de m'occuper des bavardages. Couchez-vous donc!

– Vous n'avez pas d'ordre à me donner! Laissez-moi!

– Comme vous voudrez. Bonne nuit!

– Gardez vos souhaits hypocrites!

A quelques variantes près, une scène identique se répète chaque soir. Les deux femmes finissent par y prendre un réel plaisir.

⁂

Assez curieusement, la clarté du jour était nécessaire à Clotaire de la Rabatelière pour déverser les flots d'éloquence dont il débordait. Elle n'était pas moins indispensable à Mireille pour libérer, par la danse, les ardeurs d'un corps jeune et les ambitions lui gonflant le cœur. Ces deux maniaques de la lumière se retrouvaient, après le dîner, dans le bureau du comte qui dictait ses inventions verbales de la journée à une Mireille justifiant sa présence au château en jouant les secrétaires pendant une heure ou deux.

Clotaire était content de lui et il attendait, avec impatience, le moment où son œuvre sortirait en librairie, sous le titre « En marge des causes perdues ». Il avait déjà accumulé les centaines de feuillets que Mlle Tilleux tapait à la machine à écrire, le matin, avant de les ranger dans des cartons formant un joli alignement sur un des panneaux du bureau. Cela allait, pour l'instant, de Jacques Cœur à Mme Lafarge en passant par Enguerrand de Marigny, Etienne Marcel, le connétable de Bourbon, Cinq-Mars, Fouquet et Cadoudal. Chaque soir, quand il avait fini, M. de la Rabatelière devenait tendre et, plaçant les mains sur les épaules de la jeune femme, soupirait :

– Ah! Mireille, ma chère, que deviendrais-je sans vous?

– Un homme en quête d'une autre secrétaire!

– Ne plaisantez pas, ce serait injuste et inutile... Vous savez parfaitement que je vous aime!

– Prouvez-le!

– Mais je ne demande que ça!

– Je vous en prie, ne soyez pas vulgaire! Prouvez-moi votre amour en allant annoncer notre mariage à votre mère.

– Elle me flanquera à la porte avant même que je n'aie eu le temps de lui expliquer!

– Elle me méprise à ce point-là?

– Elle méprise tous ceux et toutes celles qui n'appartiennent pas à la Rabatelière.

– Alors, elle a de quoi faire!... N'en parlons donc plus. Bonsoir!

– Bonsoir, chère.
– Menteur!

⁂

Sur une allée du parc englouti dans l'ombre, Horace et Michèle se promènent à pas lents. Le jeune homme remarque avec un brin d'amertume :

– Ma venue n'aura pas servi à grand-chose.

– Te voir m'a remonté le moral... J'aimerais que tu puisses rester...

– Tu sais bien que ce n'est pas possible... J'ai un métier... Il faut que je l'exerce.

– Bien sûr...

– Une seule chose pourrait me décider à rester en envoyant promener Saint-Fortunat... Tu ne me demandes pas laquelle?

– A quoi bon?... Tu vas encore me dire que tu m'aimes...

– Tandis que toi, tu ne m'aimes pas.

– Tu te trompes, Horace, j'ai beaucoup d'affection pour toi, une affection qui pourrait très vite devenir de l'amour, si...

– Si... quoi?

– Si j'étais libre... Seigneur! Tu ne réalises donc pas que je suis prisonnière, ici? soumise à la grand-mère, pour tout? Elle m'a empêché d'apprendre un métier parce que c'eût été déchoir et comme je ne possède pas un sou, je suis rivée à ce château que je hais! Seule, la mort de notre aïeule me libérera! Je n'ignore pas que, la fortune lui appartenant, elle donnera tout ce qu'elle pourra à Clotaire et à Fabien. Moi, je souhaite hériter – et le plus tôt sera le mieux – d'une somme me permettant de me faire une situation afin que je ne dépende plus de personne.

– Même pas de moi?

– Même pas de toi. Comprends-moi, Horace... Entre nous, il y aura toujours la Rabatelière. Tu aimes ce château et je le déteste, tu rêves d'y passer ton existence et moi je n'aspire qu'à le fuir.

– Je crois que si tu acceptais de devenir ma femme, je te préférerais à la Rabatelière.

– Tu es gentil, mais le jour viendrait vite où tu me le reprocherais.

– Je te jure que...

– Tais-toi... Tu es sincère, j'en suis sûre... Dès que la comtesse aura fermé les yeux, je bouclerai ma valise.

– Où iras-tu?

– N'importe où... pourvu que j'y puisse respirer!

– Et tu penses qu'on ne pourrait pas respirer ensemble?

– L'air de la Rabatelière te manquerait.

– Mais je n'y serai jamais qu'un hôte de passage, pour autant que Clotaire m'y tolérera!

– Cette garce de grand-mère nous aura tous démolis...

– Je me demande si elle s'en doute?

– Si elle s'en doute? Mais c'est cette conviction qui est sa fontaine de Jouvence!

⁂

Alphonse confie à Agathe :

– Tu sais, je suis de plus en plus fatigué... Bientôt, il va falloir que j'avertisse Mme la Comtesse de me trouver un remplaçant.

– Tais-toi donc! Il y a trente ans que tu te plains d'être fatigué.

– Il arrive un moment où ce qui n'était qu'une appréhension devient réalité. Je n'en peux plus, Agathe... J'ai peur de la solitude qui m'attend et j'aimerais mieux me pendre que d'aller chez les vieux.

– Tu sais bien que je serai toujours là!

– Je l'ai cru longtemps parce que longtemps j'ai espéré que tu serais touchée par ma tendresse... Réalises-tu qu'il y a près de quarante ans que je t'aime?

– Bien sûr...

– Alors pourquoi n'as-tu pas voulu que nous nous mariions?

– Je ne pourrais pas te le dire... Moi aussi, je t'aime Alphonse... Quand tu quitteras la Rabatelière, je partirai avec toi.

– Vrai?

– Vrai et que nous soyons mariés ou non, nous vivrons nos dernières années ensemble.

– Je souhaiterais te dire des tas de choses mais j'ai la gorge trop serrée... Est-ce que tu me permets de t'embrasser?

– Tu ne penses pas qu'à nos âges, avec nos lèvres fripées, c'est un peu ridicule?

– Pour moi, tu as toujours le visage que tu avais quand je t'ai vue pour la première fois.

***

Chilpéric ne vivait pas comme tout le monde. Un parfait mépris de ses contemporains lui faisait préférer la nuit au jour. Il risquait moins de rencontrer une engeance qu'il abhorrait et pour laquelle il n'éprouvait une certaine inclination que lorsqu'il s'enivrait. Alors, il exprimait, en public, et de préférence sur la Place du Marché de Révezat ce qu'il pensait de ceux qui l'écoutait. L'auditoire riait mais se sentait, tout de même, un peu gêné d'entendre les sévères vérités qui lui étaient assenées.

La nuit, Chilpéric devenait le souverain d'un royaume sans limites. Il allait dans l'obscurité aussi facilement que s'il se fut déplacé dans la lumière du soleil. Il rencontrait ces bêtes nocturnes que peu de gens ont l'occasion de voir au cours de leur vie. Il savait où nichait un vieux blaireau qui avait fini par tolérer sa présence. Arrivé près du terrier, il sifflotait d'une certaine manière et l'animal sortait de sa demeure souterraine pour saluer son ami. Chilpéric l'appelait Gédéon. L'homme avait la chance de compter un autre ami en la personne, si l'on ose dire, d'Amélie, une chouette qui, lorsqu'elle l'avait reconnu, venait se percher sur son épaule dans l'attente des friandises qu'il lui apportait.

Chilpéric dormait pendant le jour et la nuit, se promenait dans un monde qui, provisoirement débarrassé des hommes, retrouvait sa pureté originelle. Il gagnait une sorte de crête dominant – d'assez loin – Révezat d'un côté et la Rabatelière de l'autre. Assis dans l'herbe, le dos appuyé au tronc d'un épicéa, il regardait le bourg endormi. La grande trêve du sommeil où les hommes oublient de mal faire et avouent leur confiance les uns dans les autres, sinon comment oseraient-ils dormir?

A l'aube, le bâtard du comte Arnaud abandonnait

son poste d'observation. Il écoutait les nocturnes regagner leurs abris et quand la première fumée s'élevait au-dessus de Révezat, il s'en allait vers les communs du château.

⁂

Soit par excès de zèle, soit dans l'espoir de prouver à son chef que ses ouailles n'étaient pas aussi parfaites qu'il le prétendait, le gendarme Masson se levait avant tout le monde et parcourait les rues du village. Il arrivait Place du Marché lorsqu'il vit une dizaine de personnes rangées en demi-cercle autour de la fontaine. Le représentant de la loi s'approcha doucement et, sur l'instant, resta bouche bée devant le spectacle qui s'offrait à lui. Dans l'eau jusqu'à mi-mollets, Chilpéric s'adressait à des interlocuteurs invisibles :

Frères humains, qui après nous vivez,
N'ayez les cœurs contre nous endurcis,
Car si pitié de nous pauvres avez,
Dieu en aura plutôt de vous merci.
Vous nous voyez ci attachés cinq, six :
Quant de la chair, que trop avons nourrie,
Elle est piéça dévorée et pourrie,
Et nous, les os, devenons cendre et poudre
De notre mal personne ne s'en rie,
Mais priez Dieu que tous nous veuille absoudre...

Revenu de sa surprise, Masson écarte brutalement les curieux et crie à Chilpéric :

– Qu'est-ce que vous foutez là? dans la fontaine?

– J'avais le sang à la tête.

– Nom d'un chien de nom d'un chien! ce coup-ci, vous allez en goûter de la cabane!

– Pour quel motif?

Le gendarme manque de s'étrangler.

– Vous avez le culot de...!

Il se tourne vers les villageois pour les prendre à témoins.

– Vous entendez? Il a l'audace de me demander pourquoi je l'arrête!

Il revient à Chilpéric.

– Je vous arrête parce que vous troublez l'ordre public!

– Moi? et comment cela?

– En vous promenant dans la fontaine!

Le placide Bonnet, épicier de son état, remarque :

– Il avait tout de même enlevé ses souliers et ses chaussettes.

La grande Ernestine, la femme du boucher, croit bon d'ajouter :

– Ce que je peux affirmer, c'est qu'il avait les pieds propres.

Furieux, Masson réplique :

– Ça, on vous le demande pas!

Ernestine hausse ses larges épaules :

– Je pensais que tout avait de l'importance... Je suis pas étonnée qu'il y ait des erreurs judiciaires!

– Si je vous suis bien, madame Salers, vous mettez en doute la capacité de la gendarmerie?

A ce moment, un gros homme – le boucher – attrape son épouse par le bras en conseillant :

– Allez! amène-toi, Titine, tu vois bien que c'est son jour!

Masson bondit :

– Mon jour de quoi?

– Je vous enverrai une note en trois exemplaires pour vous l'expliquer.

Hors de lui, le gendarme s'en prend, de nouveau, à Chilpéric.

– Tout ça, c'est votre faute! ouste! je vous embarque!

– Laissez-moi le temps d'accoster.

Le vagabond sort de la fontaine, met ses chaussettes et ses chaussures et se campe au garde-à-vous.

– A vos ordres!

En réponse, d'une bourrade, Masson le fait avancer. Conscient qu'il n'a pas le public pour lui, le gendarme se hâte de s'éloigner, pas assez vite cependant, pour ne pas entendre une voix anonyme conclure :

– Ce pauvre Masson, plus il vieillit plus il devient con...

⁂

Le Chef montre à Cambourière, sur la carte d'état-major, la tournée qu'ils vont effectuer dans le nord du canton où il y a des fermes isolées qu'on doit visiter pour montrer à leurs propriétaires qu'ils ne sont pas oubliés des Pouvoirs Publics, lorsque Masson entre dans le bureau avec son prisonnier. Bollène s'exclame :

– Par exemple! Chilpéric! Qu'est-ce qui vous a pris, Masson?

Ce dernier jette un coup d'œil triomphant à Cambourière qui, assez intelligent pour deviner le coup fourré, feint de ne pas le voir.

– Chef, cet individu causait du scandale sur la voie publique!

– Non?

– Si! Ayant ôté ses souliers et ses chaussettes, il se promenait dans la fontaine.

– Dans la fontaine?

– Dans la fontaine! De plus, il débitait des insanités à haute voix!

Le Chef s'adresse à Chilpéric :

– Ça signifie quoi, cet exercice de mauvais goût?

– J'avais un peu bu et j'ai pensé qu'un bain de pieds me dégagerait le cerveau.

– Et vous n'auriez pas pu le prendre ailleurs?

– Je ne voulais pas déranger Alphonse.

– Et les insanités que vous débitiez?

– En fait d'insanités, c'était l'Epitaphe que fit Villon pour lui et pour ses compagnons sur le moment d'être pendus. Vous savez...

Frères humains, qui après nous vivez...

– Oui, oui.

– Seulement, M. Masson n'a peut-être pas un bagage suffisant, intellectuellement...?

– Aucune importance! Que Masson connaisse ou non Villon n'explique pas votre trempette scandaleuse!

– J'avais le cafard.

– Tiens donc!

– Parce que j'ai perdu celle qui me faisait trouver du goût à la vie, tant je me régalais de sa rage quand elle me voyait à l'église.

– Mais, sacré bon Dieu, qu'est-ce que la comtesse a à voir dans tout ça?

– Elle n'a plus rien à voir, la pauvre chère garce... Messieurs j'ai le regret de vous apprendre que la comtesse Yolande de la Rabatelière, née de Trouy, a rendu sa méchante âme au diable, à l'aube de ce jour.

– Par exemple!

Mais Léon n'a pas le temps d'exprimer plus longuement ses sentiments car le docteur Baïse entre en coup de vent.

– Salut, Chef, je viens vous annoncer...

– Que Mme de la Rabatelière est morte.

– Ah? vous êtes au courant...

Subitement, le médecin paraît prendre conscience de la présence de Chilpéric.

– Tiens, tu es là, toi? Tu es venu...

– Je ne suis pas venu, on m'a amené.

– Voudrais-tu me laisser entendre qu'on t'a arrêté?

– Tout juste.

Baïse s'en prend à Bollène.

– Une blague ou quoi?

– Une blague que je n'apprécie guère et sans la mort de la comtesse...

– Oui, à propos de cette mort, Alphonse m'a appelé à quatre heures du matin. Le comte avait entendu un cri provenant de la chambre de sa grand-mère. Il s'est habillé à la hâte et s'est précipité chez son aïeule. Elle était morte.

– Le cœur?

– C'est ce que j'ai cru, tout d'abord. Il est vrai que j'étais à moitié endormi. Cependant, quelque chose me chiffonnait et, ce matin, je suis retourné au château.

– Alors?

– Je refuse de délivrer le permis d'inhumer. Je n'en ai pas encore averti la famille.

– Parce que?

– Parce que la comtesse a été étranglée.

– Bon Dieu!

Masson s'écrie :

– On tient l'assassin!

– Masson, fichez-nous la paix et occupez-vous des paperasses qui traînent! Cambourière, nous nous rendons au château. Chilpéric, vous venez avec nous. On vous suit, docteur.

Les regardant sortir, le gendarme soupire :

– C'est un monde...

CHAPITRE III

Tous les membres de la famille auxquels s'étaient joints les domestiques, entouraient le lit où reposait la comtesse de la Rabatelière. A travers les chagrins sincères ou simulés, l'assistance s'émerveillait de découvrir dans la défunte, une autre personne que celle dont ils subissaient la tyrannie depuis tant d'années. La mort lui avait donné un visage apaisé, presqu'aimable et l'ombre d'un sourire ironique flottait sur les lèvres à jamais fermées. Les plus âgés de ceux priant près d'elle, retrouvaient la figure de la jeune femme qu'ils avaient, autrefois, connue et aimée.

L'un après l'autre, les Rabatelière quittèrent la chambre mortuaire avec les domestiques et Mireille pour gagner le salon où Bollène, le gendarme Cambourière et le docteur Baïse les attendaient. Tout de suite le comte – devenu le chef de famille – le prit de haut en s'adressant à Léon :

– Vraiment, vous auriez pu attendre jusqu'à demain pour venir me déranger!

– Impossible, monsieur le Comte.

– Pour quelles raisons, je vous prie?

– Parce que je dois procéder à une enquête.

– Une enquête? A quel sujet?

– Nous devons toujours agir de la sorte quand le permis d'inhumer est refusé par le médecin ayant constaté la mort.

Cette déclaration fait l'effet d'une bombe. Tout le monde se met à parler à la fois, à s'indigner. D'un geste, Clotaire impose le silence et, feignant d'ignorer la présence des gendarmes, il se tourne vers le docteur Baïse.

– Qu'est-ce que cela signifie?

– Votre grand-mère n'est pas morte de mort naturelle.

– Allons donc!

– Je suis dans la triste obligation de confier le corps au médecin-légiste à fin d'autopsie.

C'est un tollé général où fusent les exclamations : une autopsie!... c'est honteux!... une abomination!... Un affreux manque de respect!... Clotaire, tu ne vas pas permettre ça?... Le comte s'enquiert sèchement :

– Pourquoi cette profanation, docteur?

– La comtesse Yolande a été assassinée.

Ils ne réagissent pas, se contentant de se regarder les uns les autres, ébahis. Horace, recouvre, le premier, son sang-froid.

– Assassinée! mais par qui? comment? pourquoi?

Le Chef répond :

– Par qui? Je ne le sais pas encore. Pourquoi? Si je pouvais répondre à cette question, je connaîtrais le coupable. Quant au « comment », le docteur va vous l'apprendre.

L'auditoire regarde Baïse qui annonce gravement :

– La comtesse de la Rabatelière a été étranglée avec une cordelette ou une corde mince, ou quelque chose d'analogue.

Sur cette révélation, Bollène reprend la direction des débats :

– Vous admettrez, mesdames et messieurs, que dans ces conditions, je puisse avoir un autre souci que de vous présenter mes condoléances ou m'astreindre aux figures de politesse qui sont d'usage en pareil cas. Cambourière, allez fermer à clef la chambre mortuaire et rapportez-moi la clef.

Alphonse s'écrie :

– Alors, on ne pourra pas veiller Mme la Comtesse?

– Je le regrette mais dès que j'en aurai terminé avec les premières constatations, la dépouille partira pour Privas où elle sera autopsiée. Vous êtes libres. Je vous donne rendez-vous dans cette même pièce à midi. Je serais heureux que personne ne manquât à l'appel. A propos, où est Chilpéric?

Le comte grogne :

– Il n'a rien à voir ici!

– Ce n'est pas mon avis et, ne vous en déplaise, monsieur le Comte, c'est mon avis qui compte!

Agathe s'avance :

– Il tient compagnie à Fabien.

– Vous lui direz que je désire qu'il soit ici à midi avec les autres!

On se sépare sans ajouter un mot. Léon commence par téléphoner à Privas pour qu'on envoie une ambulance au château de la Rabatelière d'abord, à la morgue de la préfecture ensuite. Ceci fait, avec son adjoint et le médecin, ils gagnent la chambre où repose la défunte. Lorsque Baïse leur eut montré les marques de strangulation qui lui avaient d'abord échappé parce que masquées par les replis d'une gorge flasque, il se retire. Restés seuls, les gendarmes entreprennent une visite minutieuse des lieux. En dépit de l'espèce de condescendance dont il se sent imprégné chaque fois qu'il parle à Léon ou qu'il l'écoute, Cambourière ne manque pas d'être impressionné en regardant agir son chef. On eût dit un chien d'arrêt humant les innombrables pistes que son nez décelait. Il se penchait, s'accroupissait, se relevait, examinait longuement l'espagnolette d'une fenêtre, reniflait les rideaux de l'autre, ouvrait un tiroir, le refermait, cherchait on ne devinait pas quoi. Mais là où Cambourière le jugea le plus extraordinaire, ce fut quand il se pencha – sans le moindre dégoût apparent – sur la morte. Son nez touchait presque celui du cadavre. On avait l'impression qu'il voulait le persuader de lui confier un secret. La main de Léon eut des délicatesses inattendues pour soulever les couvertures, les draps. Et, tout cela sans un mot. Au bout d'une demi-heure environ, Bollène décréta :

– Je crois que nous n'avons plus rien à faire ici, nous avons vu tout ce qu'il y avait à voir. Nous pouvons céder la place aux pleureuses.

⁂

A midi, dans le grand salon, personne ne manque à l'appel. Bollène regarde ces visages tendus et éprouve une secrète satisfaction. Seul, Chilpéric ne semble s'intéresser en aucune façon à ce qui se passe.

– Mesdames et messieurs, non seulement, depuis notre dernière rencontre, ma conviction que Mme de la Rabatelière a été assassinée s'est renforcée, mais encore je suis presque sûr que le meurtrier se trouve parmi les hôtes de ce château.

Clotaire proteste :

– Vous vous rendez compte de ce que vous avancez?

– Parfaitement, monsieur le Comte. Le meurtrier est l'un de vous!

– C'est monstrueux!

– Exactement ce que je pense, mais moi je parle du crime. Maintenant, assez de bavardages. Quelqu'un a-t-il envie de m'entretenir en particulier?

Un silence de deux ou trois minutes s'établit et le Chef conclut :

– Puisqu'il en est ainsi, le temps d'en référer au Procureur de la République et l'enquête commencera officiellement. Bien entendu, personne n'est autorisé à s'éloigner de la Rabatelière.

Horace s'exclame :

– Mais, j'ai mes cours à Saint-Fortunat!

– Je regrette. Vous serez contraint de prendre des vacances.

– Voyons, Chef, vous ne pouvez...

– Si, monsieur, je peux et je souhaite que vous ne m'obligiez pas à vous en fournir la preuve. Je ne vous retiens pas.

Ils sortent en silence et Cambourière s'étonne de

l'autorité dont son supérieur témoigne sans le moindre effort. Le jeune homme commence à réviser ses impressions premières touchant la bonhomie rustaude du Chef.

⁂

Le commissaire divisionnaire Bazailles, dirigeant le SRPJ de Montpellier, appelle son adjoint, le commissaire principal :

– Une sale affaire, Rocroy.

– Nous ne sommes guère habitués aux besognes aimables.

– Le Procureur de la République de Tournon vient de me téléphoner que la gendarmerie de Révezat l'a informé qu'un crime a été commis au château de la Rabatelière sur la personne de la comtesse, propriétaire dudit château.

– Qui perche où?

– En Ardèche... entre Annonay et Tournon.

– Il va donc falloir envoyer quelqu'un là-bas...

– Pas tout de suite.

– Ah?

– Le brigadier de gendarmerie, sur le territoire duquel le meurtre a été commis, est officier de police judiciaire.

– Un coup de chance!

– De plus, on le dit doué d'un grand bon sens et d'une modestie parfaite. Alors, nous allons le laisser se débrouiller et nous attendrons que, le cas échéant, le juge d'instruction nous envoie à la rescousse.

A peu près vers le même moment, le juge d'instruction, M. Dubois, désigné par le Procureur, téléphonait au Chef pour lui dire qu'il entendait être tenu au courant, jour après jour, de la marche de l'enquête.

⁂

Bollène a rassemblé sa brigade. C'est là un de ces instants où il est fier d'être gendarme et de commander de braves gens. A part Masson, mûré dans ses idées toutes faites et prenant ses aversions pour la preuve de jugements qu'il croit infaillibles, les autres font honnêtement leur métier. Peujard est un triste. Il ne rit pratiquement jamais. Sa femme, Hélène, passe le plus clair de son temps à l'église. Elle en veut à son époux de ne pas avoir de progéniture. Clisson est, au contraire, un bon vivant. Chacun l'aime bien car il est d'un caractère enjoué, toujours disposé à rendre service. Olympe, sa compagne, lui ressemble. Elle est rondelette. Tous deux partagent la même passion pour la bonne chère et pour leurs gosses, Caroline et Gustave qui, déjà, font montre d'un bel appétit. Rosnay, homme sérieux et plein d'humour, est le bureaucrate de l'équipe. Il tape remarquablement bien à la machine et considère la moindre faute d'orthographe comme une offense personnelle. Mme Rosnay – Clémence – est profondément respectée dans le pays, car depuis la mort de sa fille unique – Maryse – elle se dévoue au service de ceux qui ont besoin d'aide. Parce qu'elle se sait incapable d'une pareille abnégation, Clotilde Masson prétend que la femme du collègue de son mari agit de la sorte pour se rendre intéressante et qu'elle, elle a trop de travail avec ses trois garçons, pour aller chez les autres. Enfin, Cambourière, le plus jeune bien sûr, mais aussi, sans aucun doute, le plus intelligent et le plus cultivé de tous. Dommage qu'il soit aussi absolu dans ses opinions. Il semble ne connaître que le bien et le mal. Napoléon, au moment de faire entrer la garde dans la bataille de Waterloo ne contempla pas ses bataillons avec plus d'attendrissement que Bollène regardant sa petite troupe, avant de prononcer la courte harangue qu'il a préparée.

– J'ai été chargé, par M. le Procureur de la République, d'enquêter sur le meurtre de la Rabatelière. C'est un honneur qui rejaillit sur la brigade tout entière. J'espère que nous réussirons pour nous montrer dignes de la confiance qui nous est accordée. Je suis sûr que chacun d'entre vous aura à cœur de donner le meilleur de lui-même. Rosnay, vous assurerez la permanence, Masson, étant le plus ancien, vous serez assisté de Clisson et de Peujard pour recueillir tous les tuyaux que vous pourrez rassembler sur les habitants du château que j'attaquerai dans leur fief avec l'aide de Cambourière. Tous les matins, rapport à 9 heures. Je ne vous retiens plus.

⁂

Au château, l'atmosphère est étrange. On y parle à voix basse, on ne sait trop pourquoi. La dépouille de la comtesse a été emportée. Cependant, pour tous, elle est encore là et cette présence imaginaire inquiète des esprits pas remis du choc éprouvé. Sitôt après le départ des gendarmes, on a gagné la salle à manger, mais personne, même pas Horace, ne mange de bon appétit. Fabien est resté dans sa chambre, ses parents ne tenant pas à ce qu'il entende des propos que pourraient échanger les adultes en sa présence.

Au début du déjeuner, ils ne prononcent pas un mot, se contentant d'échanger des regards furtifs et gênés. Clotaire se décide le premier à aborder le sujet qui occupe l'esprit des convives et auquel nul n'ose risquer la moindre allusion. Repoussant son assiette à moitié pleine, le comte s'exclame :

– C'est quand même inimaginable!

Horace s'étonne :

– Quoi donc?

– Que ces gendarmes osent dire que grand-mère a été assassinée!

– Pourtant, le docteur...

– Un imbécile qui a envie de se montrer intéressant!

Michèle proteste :

– Pourquoi parles-tu ainsi de celui qui nous soigne depuis si longtemps avec un dévouement auquel, jusqu'ici, tu te plaisais à rendre hommage?

– Je ne le jugeais pas capable d'une telle vilénie!

– Tu préférerais que l'assassin s'en tire sans dommage?

– Mais, comprends donc, espèce de sotte, que si les gendarmes ne parviennent pas à prouver que c'est un vagabond qui a fait le coup, ce sera forcément l'un de nous!

Horace s'enquiert doucement :

– Parce que tu en doutes, vraiment?

– Tais-toi!... Tu n'as pas le droit!

– Allons donc! Tu sais très bien qu'aucun vagabond n'aurait pu pénétrer dans le domaine!

– Si, il y en a un!

Michèle s'emporte :

– Tu devrais avoir honte de parler de la sorte! Tu n'ignores pas que Chilpéric est incapable d'une horreur pareille!

– Grand-mère le haïssait!

– On hait toujours sa victime!

– Je ne te permets pas de...

Horace vole au secours de sa cousine.

– Tu ne vas tout de même pas nier que grand-mère a été abominablement injuste envers lui?

– Elle avait ses raisons!

– Quelles raisons? sinon la volonté de dépouiller son petit-fils, sous prétexte que sa mère était une servante!

– Mon père ne m'en a jamais parlé!

– Parce que ton père était un lâche!

Clotaire se dresse d'un bond.

– Retire immédiatement ce que tu viens de dire!

– Tu n'estimes pas qu'abandonner son enfant est la pire des lâchetés?

– Nom de Dieu!

Faisant tomber sa chaise, le comte voulut se précipiter sur son cousin. Michèle l'arrête, en remarquant :

– Vous ne trouvez pas qu'un meurtre suffit?

– Alors, qu'il me fasse des excuses!

Mireille, excédée, s'écrie :

– Par pitié, finissez! A quoi rime cette comédie, Clotaire? Chilpéric est ton frère. Toi-même me l'a avoué.

– Mêle-toi de tes affaires, sacrée garce! Tu n'es rien ici!

– Comme Chilpéric.

– Tu tiens à ce que je te jette dehors à coups de pied dans les fesses?

Horace murmure :

– J'ignorais que tu te misses aussi facilement en colère au point d'oublier ta bonne éducation. Si les gendarmes l'apprenaient...

– Qu'est-ce que ça peut leur foutre?

– Ils cherchent un meurtrier.

Clotaire remarque paisiblement :

– Alors, toi, tu es un parfait salaud.

Michèle propose :

– Maintenant que grand-mère n'est plus là, pourquoi ne rendrions-nous pas à Chilpéric ce à quoi il a droit?

Le comte réplique sèchement :

– Jamais! Primo, parce que quoi que vous en pensiez et quoi qu'en dise cette perruche de Mireille, la filiation que vous évoquez n'est rien moins que certaine. Secundo, parce que grand-mère haïssait Chilpéric qui profitait de toutes les occasions pour la narguer. Tertio, parce que je ne veux pas voir entrer dans la famille un homme qui est, peut-être, un assassin.

Horace ironise :

– On ne peut prétendre que l'amour fraternel t'étouffe.

Michèle renchérit :

– Toi, qui te passionnes pour les causes malheureuses, pourquoi ne plaiderais-tu pas pour l'enfant renié par les siens?

Clotaire se fâche tout rouge.

– En voilà assez! Je ne tolèrerai pas plus longtemps vos railleries à mon endroit et vos remarques qui sont autant d'injures à l'égard de notre chère grand-mère!

Michèle ricane :

– La chère grand-mère qui ne pouvait pas me souffrir!

– Elle avait ses raisons!

– Lesquelles?

– Tu les connais aussi bien que moi!

– Dans ces conditions, tu ne dois pas t'étonner si je prends la défense de Chilpéric?

– Qui t'a raconté que j'en étais surpris?

– Je ne t'en veux pas car cela ne me gêne nullement de ressembler à Chilpéric. Le malheur, pour moi, eut été de me découvrir pareille à toi ou à notre horrible grand-mère!

– Tu oses! espèce de...

Horace avertit son cousin :

– Prends garde à ce que tu vas dire, si tu ne tiens pas à recevoir mon poing dans la figure!

– Elle t'a ensorcelé, toi aussi, grand benêt? Eh bien, restez donc ensemble à mijoter vos calomnies, mais rappelez-vous que dès que je serai le maître, il vous faudra déguerpir.

La jeune fille soupire :

– Si tu te figures me peiner...

– Garce!

Horace feint de s'épouvanter :

– Ma parole, tu deviens vulgaire, monsieur le Comte!

Agathe ramène subitement le calme lorsqu'elle entre dans la pièce en annonçant :

– Ces messieurs de la gendarmerie.

Clotaire crie plus qu'il ne demande :

– Qu'est-ce qu'ils veulent?

– Nous interroger. Paraît que c'est moi qui ouvre le feu. Vous ne devez pas vous éloigner. Alphonse est parti chercher M. Chilpéric.

Le comte répète, dégoûté :

– M. Chilpéric! Seigneur...

*
**

Dans le bureau, Cambourière s'est installé à la table de travail, devant sa machine à écrire portative. Le Chef avait disposé un fauteuil face à son adjoint, car il ne pouvait lui-même demeurer assis durant un interrogatoire.

– Et n'oubliez pas, Cambourière, que vous pouvez intervenir quand bon vous semble. Bien des choses peuvent m'échapper.

L'adjoint n'a pas le temps de répondre. Agathe se présente devant eux. Il se contente d'opiner, d'un hochement de tête. Après les questions relatives à son identité et qui n'offraient pas le moindre intérêt, Bollène entre dans le vif du sujet.

– Il y a combien de temps que vous êtes au service des Rabatelière?

– J'avais vingt-cinq ans... Ça doit faire dans les trente-cinq ans...

– Pourquoi ne vous êtes-vous jamais mariée?

– J'étais attachée aux enfants... Quand je suis arrivée au château, M. Arnaud était un beau jeune homme de vingt-six ans... Mlle Sylviane n'avait pas vingt ans... une artiste... M. Pierre, un adolescent, montrait déjà une sensibilité qui laissait prévoir sa faiblesse devant la vie... Enfin, ma petite Armande n'avait que huit ans...

– Votre préférée?

– Oui... Elle était si fragile. Nous avons eu des années heureuses. Quand tous les enfants ont été mariés, j'ai voulu m'en aller pour fonder un foyer à mon tour.

– Vous aviez un soupirant?

La gouvernante a un sourire mi-amusé, mi-mélancolique.

– Tout le monde, ici, et même à Révezat, sait qu'Alphonse est amoureux de moi, enfin de celle que j'ai été... Mais, ça ne fait rien, à chaque changement de saison, il me demande ma main.

– Vous l'aimez?

– Bien sûr... comme on aime à mon âge.

– Pour quelles raisons ne l'avez-vous pas épousé?

– Je ne sais pas... ou plutôt si... je pense que les malheurs qui se sont abattus sur cette maison m'ont enchaînée à elle... Tous ces morts que j'avais chéris, que je continuais à chérir, m'empêchaient de les quitter... En dix ans, la famille a été décimée.

Tassée dans son fauteuil, les mains jointes, la vieille femme, sous les yeux des gendarmes impressionnés, procédait, à mi-voix, à une sorte d'appel des morts.

– La femme d'Arnaud, Irène, est morte en mettant au monde un deuxième enfant. En 68. Deux années plus tard, le vieux comte, Hugues de la Rabatelière, disparaissait à son tour. Moins de six mois après, le nouveau chef de famille, le comte Arnaud succombait à une congestion cérébrale. Deux semaines encore dans cette année 71 et Mahaut, l'épouse de Pierre, le rejoignait. On n'a jamais compris pourquoi elle s'était suicidée. On a eu un répit et tout a recommencé en 74 où Jean de Jauldes, le mari de Sylviane, est mort d'un accident cardiaque. Alphonse l'a trouvé dans le parc. L'année suivante a été terrible : Sylviane a été écrasée par un camion. Il faut vous expliquer que depuis la disparition de son époux, elle n'avait plus bien sa tête. Et puis, Armande, mon bébé à moi – je l'aimais autant que si je l'avais mise au monde – se tuait avec son époux dans un accident d'automobile. Enfin, on devait enfermer Simone, la jeune femme de Clotaire, à Privas où elle s'est laissée mourir. Elle avait vingt-cinq ans. L'an dernier, M. Pierre qui, depuis son veuvage, vivait enfermé dans sa chambre, refusant de voir même son fils, est mort de consomption. Maintenant que la comtesse a disparu, il faut espérer que le Bon Dieu s'arrêtera de cogner sur la famille...

Le Chef répond doucement :

– Hélas! je crains que non!

– Seigneur! et pourquoi?

– Parce qu'il faudra bien punir le coupable.

– Mais qu'est-ce que cela a à voir avec...

Bollène l'interrompt :

– Allons, madame Agathe, vous savez comme nous que le coupable vit dans ce château.

Elle se tordait les mains de désespoir, répétant à la façon d'une litanie :

– Ce n'est pas possible... ce n'est pas possible... ce n'est pas possible...

– Voyons... Vous n'ignorez pas que c'est malheureusement possible et même certain... Seulement, cette idée vous fait horreur... et tout en vous tente de l'écarter.

Cambourière qui, jusque-là, n'avait pas ouvert la bouche, remarque :

– Vous n'avez pas parlé du calvaire enduré par cette pauvre créature qui vient de mourir et qui aura vu disparaître son mari, ses quatre enfants, ses deux belles-filles et ses deux gendres. Pourquoi?

– Pour une autre femme que Mme la Comtesse, il y aurait eu de quoi devenir folle, pas elle.

– Pour quelles raisons?

– Elle n'avait pas de cœur.

– Qu'en savez-vous?

– A part Clotaire, son petit-fils qu'elle chérissait comme elle avait chéri son père, Arnaud, non seulement elle n'aimait personne, mais elle haïssait ses belles-filles qu'elle accusait de lui avoir volé ses fils et plus encore son gendre Levigny – le mari d'Armande – sous prétexte qu'il n'appartenait pas à la noblesse. Elle ne se cachait pas pour clamer que sa fille l'avait déshonorée en épousant un roturier dont l'enfant, Michèle, pour les Rabatelière, ne pouvait être qu'une bâtarde.

Le Chef prend le relais.

– Un monstre, en quelque sorte?

– Ma foi...

– Alors, pourquoi êtes-vous restée auprès d'elle?

Elle hausse les épaules.

– Allez savoir... l'habitude, sans doute... Elle avait besoin de moi. J'étais seule à ne pas la craindre et à lui dire ce que je pensais.

– A cause?

– A cause que sans moi, elle se sentait perdue. Cent fois, j'ai rendu mon tablier, cent fois elle m'a suppliée de rester. Plus elle me détestait et plus je lui devenais indispensable.

– Une sorte de complicité, en quelque sorte?

– Si vous voulez...

– Maintenant que la comtesse n'est plus, quel va être votre sort?

– Je n'ai pas encore décidé. De toute façon, je partirai.

– Pour aller où?

– Peut-être que je dirai oui à Alphonse...

Cambourière, qui ne démordait pas de son idée fixe, s'enquit :

– Et Chilpéric?

– Quoi, Chilpéric?

– Que pensez-vous de lui?

– Un gentil garçon qui a eu bien des misères...

– Racontez-nous.

– Je me rappelle parfaitement le drame que nous avons tous vécu, alors... Cette pauvre Léontine était une gentille gosse qui n'y voyait pas plus loin que le bout de son nez... Elle vivait dans une adoration perpétuelle d'Arnaud, un bien bel homme à l'époque. Je crois qu'il a vraiment aimé la gamine. Sa femme était de santé trop fragile pour tenir son rôle d'épouse. Quand le petit bâtard est venu au monde, Arnaud a souhaité le reconnaître. Ni sa compagne ni son père ne s'y opposaient. Mais la comtesse Yolande n'a rien voulu entendre, jurant qu'elle déshériterait son fils (c'est elle qui possédait la fortune) au profit de Clotaire s'il s'entêtait à s'occuper de ce gosse né d'une servante. Le malheur d'Arnaud tenait à ce qu'il avait plus d'apparence que de volonté. Il a cédé à sa mère et ne pouvant donner son nom à son fils, il lui a fait cadeau d'un prénom. Et puis, ils se sont tous entendus pour ne plus parler de cette triste histoire dont personne n'était fier. Ils ont cru qu'il suffisait d'envoyer de l'argent à Léontine. Les gens riches ont des remèdes à eux pour apaiser leur conscience.

– Et Chilpéric?

– On n'a jamais eu de nouvelles de lui jusqu'à il y a deux ou trois ans à peu près. On a vu, un jour, un vagabond qui remontait l'allée du château. Alphonse a essayé de l'arrêter, mais il a déclaré : « Je suis Chilpéric de la Rabatelière, je viens saluer ma grand-mère... » Le pauvre Alphonse n'en revenait pas. Il n'a pu que balbutier, à ce qu'il m'a rapporté : « Dans... dans ce... costume? » J'étais avec Mme la Comtesse en train de la coiffer lorsque la porte de la chambre s'est ouverte devant cet homme en haillons. Nous l'avons regardé avec des yeux ronds jusqu'au moment où il a lancé, avec un beau sourire :

– Bonjour, grand-mère!

D'abord, la comtesse n'a pas réagi. On eut dit qu'elle avait été frappée par la foudre. La bouche grande ouverte, les yeux prêts à sortir des orbites, elle regardait Chilpéric comme elle eût contemplé un monstre pénétrant chez elle sans s'être fait annoncer. Cependant, elle retrouva vite son souffle et son esprit combatif. Se redressant sur sa chaise longue, elle cria :

– Fichez le camp! Imposteur!

Et l'autre, sans se départir de son calme, répondit gentiment :

– Pourquoi ne m'aimez-vous pas, grand-mère?

– Je vous défends de m'appeler ainsi!

– N'est-ce pas de cette façon que l'on nomme la mère de son papa?

– Vous mentez!

– Vous ne vous rappelez plus Léontine qui a voulu être enterrée avec une photographie de votre fils Arnaud sur le cœur?

– Ça ne prouve rien!

– J'ai déposé des lettres de mon père à ma mère chez votre notaire...

– Vous avez osé?

– ... et les récépissés des mandats envoyés pour m'élever.

Alors, la voix de la comtesse a changé à ce moment-là. Elle a murmuré :

– Du chantage, hein?

– Non pas!

– Alors, qu'est-ce que vous voulez?

– Rien.

– Rien?

– Je ne demande rien. Je n'exige rien. Je ne prendrai aucune initiative pour être reconnu héritier – au même titre que mes cousins, d'autant plus que la loi met sur le même pied les enfants naturels et les autres – mais je resterai là, vous me verrez, vous sentirez ma présence comme un remords matérialisé. Vous et les autres, par égoïsme, par lâcheté, vous m'avez volé les plus belles années de ma vie. J'entends qu'une démarche commune des Rabatelière me supplie de reprendre le rang qui m'est dû.

– Jamais!

– J'en suis moins sûr que vous, grand-mère.

Sur ces mots, il est reparti aussi tranquillement qu'il était venu. Sitôt après son départ, la comtesse a appelé son fils, lui a raconté ce qu'il s'était passé et l'a chargé de constituer un front commun contre l'adversaire en mettant au courant M. Horace et Mlle Michèle.

– Chilpéric est-il revenu vers celle qu'il appelle sa grand-mère?

– Celle qui est sa grand-mère, Chef? Non, il n'a plus remis les pieds chez la comtesse, mais le dimanche qui a suivi sa visite, il guettait son arrivée sous le porche de l'église. Haillonneux, mais propre, au premier rang de ceux qui s'apprêtaient à pénétrer dans l'église, il a salué la comtesse et ses petits-enfants, d'un « Bonjour, grand-mère! bonjour, cousins! » qui a causé une sacrée sensation. Seule, Mlle Michèle semblait trouver la chose très drôle.

– Et les autres?

– Ils sont entrés dans la maison du Seigneur en baissant le nez. L'esclandre a failli éclater quand Chilpéric s'est installé à l'une des places de la famille. L'office n'était pas commencé, le curé s'est approché.

– Monsieur, ces places sont réservées depuis toujours à la...

– Je sais, monsieur le Curé, je sais...

– Dans ce cas, vous devez comprendre qu'il vous faut vous écarter.

– Non pas, monsieur le Curé, non pas!

– Et pourquoi, je vous prie?

– Parce que je m'appelle Chilpéric de la Rabatelière...

Cela suscita un drôle de remous dans l'assistance, surtout lorsque Chilpéric ajouta à haute et intelligible voix :

– Je suis un bâtard de feu le comte Arnaud.

Il a fallu qu'on soutînt la comtesse sur le point de s'évanouir. Quant au prêtre, de saisissement, il lâcha sa barrette qu'il ne tenait que d'un doigt. Ce mini affrontement dura des mois jusqu'au jour où la comtesse, vaincue, renonça à se rendre à l'office du dimanche.

Le Chef, qui ne tenait pas à éterniser l'interrogatoire d'Agathe, décida d'attaquer brutalement :

– Mon adjoint et moi-même, après une étude attentive des lieux, sommes arrivés à la conclusion suivante : le meurtrier n'est pas arrivé de l'extérieur, comme on a essayé de nous en persuader dans un réflexe de défense du clan. Il est venu du château.

– Vous voulez dire que...

– ... que c'est quelqu'un de la famille.

– Oh! non!

– Eh! si, malheureusement... Par hasard, vous ne voyez pas qui cela pourrait être?

– Comment...

– Je tourne ma question autrement : A part Chilpéric, y a-t-il un membre des Rabatelière qui haïssait suffisamment la comtesse pour la tuer?

– Leur grand-mère? Mais ce sont des choses qui n'arrivent pas, voyons!

– La preuve... Reprenez-vous. Nous bavarderons, sans doute encore ensemble. En attendant, envoyez-moi Chilpéric.

– Vous savez, il est un peu tordu, comme ça, mais il n'est pas méchant.

– Qui pourrait l'assurer?

⁂

– Messieurs, j'ai bien l'honneur de vous saluer.

Chilpéric s'incline devant les gendarmes à la manière d'un petit marquis du XVIIIe siècle saluant une dame de qualité. Tout de suite, Cambourière se braque :

– Asseyez-vous et, avant de répondre, attendez la question.

– C'est ce qui se fait, d'ordinaire?

– Ne jouez pas au plus fin avec nous, vous perdriez!

– Ce n'est pas certain.

– Taisez-vous!

Le Chef apaise son adjoint :

– Calmez-vous, Cambourière... Chilpéric n'est qu'un témoin, pas un suspect.

– On va rapidement le faire changer d'étiquette!

Chilpéric, d'une voix calme, s'enquiert :

– Chef, oserais-je soupçonner monsieur votre adjoint de ne point m'aimer?

Cambourière s'emporte :

– Je n'ai pas à vous aimer ou à ne pas vous aimer! Je fais mon métier et mon métier veut que je traque les marginaux dans votre genre!

– Puis-je vous demander en quoi je suis un marginal?

– Votre tenue, d'abord.

– Elle n'est pas plus insolite que la vôtre.

– Je ne vous permets pas de...

– Moi non plus, figurez-vous!

– Chef, vous entendez la façon dont me répond ce type à peine civilisé!

Chilpéric sourit :

– C'est assez rare d'être à la fois analphabète et docteur en droit.

Assommé, le gendarme bégaie :

– Parce que vous êtes...?

– J'ai soutenu ma thèse devant l'Université de Bordeaux, il y a sept ans.

– Alors, pour quelles raisons vivez-vous comme un gueux?

– Pas comme un gueux, mais comme un fantaisiste.

– Vous n'avez pas d'occupation régulière?

– Je n'en ai pas besoin. Beaucoup de travail, pas mal de chance en Afrique du Sud m'ont assuré de quoi vivre, modestement, jusqu'à la fin de mes jours. Je n'aime pas le boulot quand je peux m'en dispenser. Je préfère me balader dans la campagne. J'aime mieux la compagnie des bêtes et des arbres que celle des hommes. C'est mon droit, non?

– A condition que vous ne suscitiez pas de scandale.

– Le fait de saluer ma grand-mère en m'habillant de vêtements usés et dépareillés ne saurait être tenu légalement pour scandaleux. D'ailleurs, maintenant que la comtesse est morte, je vais me vêtir comme tout le monde.

– Vous la détestiez, hein?

– Je la méprisais pour son égoïsme et sa stupidité.

– C'est pour ça que vous l'avez tuée?

Chilpéric s'adresse à Bollène :

– Il commence à me fatiguer...

Le Chef hausse les épaules.

– Il ne fait que son devoir. Alors, répondez-lui.

– Bon. Je n'ai jamais tué personne et je ne vois vraiment pas pourquoi je commencerais aujourd'hui. De plus, en disparaissant, la grand-mère m'a privé de ma vengeance.

Léon juge que l'intermède a assez duré.

– Chilpéric, jusqu'à la preuve du contraire, je ne pense pas que vous soyez le meurtrier de la comtesse pour la bonne raison que vous n'aviez aucun motif matériel de commettre ce crime. La vengeance, alors que vous êtes de retour depuis quelques années? Ce serait stupide et vous êtes intelligent. Donc, au lieu de vous embêter, je sollicite votre aide.

– Si je peux...

– Nous sommes persuadés que le crime a été commis par quelqu'un du château. Qui, à votre avis, pouvait en vouloir à la comtesse au point de la tuer?

– Au point de vouloir la tuer, je l'ignore mais tous à part Fabien, – du moins je l'imagine – la détestaient.

– Pourquoi?

– Parce qu'elle les brimait.

– Expliquez, s'il vous plaît?

– Nul, ici, n'ignore que Clotaire souhaitait mettre fin à son veuvage en épousant sa secrétaire, Mlle Tilleux, mais la grand-mère, sous peine de déshériter son petit-fils, s'y opposait farouchement.

– Motif?

– Toujours le même : la mésalliance. Maintenant, Clotaire va pouvoir se marier.

– A moins que nous ne le convainquions de meurtre.

– Bien sûr... Les prétextes qui auraient pu pousser Clotaire à agir, motivaient également Mireille. Par suite de l'entêtement forcené et obtus de la vieille, elle voyait, jour après jour, s'estomper son rêve de devenir comtesse de la Rabatelière. Elle avait donc, à ses yeux, toutes les raisons de faire sauter l'obstacle lui interdisant d'accéder à son paradis. Je me figure qu'en revenant du cimetière, elle mettra le marché en mains à Clotaire.

– Dont elle est la maîtresse?

– Possible, mais je ne le crois pas. Elle est trop rusée, la Mireille, pour donner ce qu'elle peut vendre un bon prix.

Cambourière ricane :

– Vous ne l'aimez guère, hein?

– Je suis incapable d'aimer les gens que je n'estime pas et je n'estime pas Mlle Tilleux.

Léon marque de l'humeur.

– Cambourière, les sentiments personnels de Chilpéric n'ont rien à voir dans l'histoire!

– Pardon, Chef, ils peuvent influencer son jugement.

– J'ai assez d'expérience pour m'en rendre compte, le cas échéant! Continuez, Chilpéric.

– Horace est un garçon que j'aime bien. Il est insouciant et ne pense guère à l'argent. Je crois qu'il envie ma façon de vivre.

– Qu'est-ce qui l'empêche de vous imiter?

– Sans son traitement du collège Saint-Fortunat, il n'a pas le sou.

– D'où nécessité de recueillir au plus vite l'héritage de la grand-mère?

– Oui et non, car il y a encore quelque chose qui motive beaucoup plus Horace : c'est sa passion pour notre commune cousine, Michèle.

– Je ne vois pas le rapport entre cet amour et le meurtre dont nous avons à dénoncer le coupable?

– Avec ses maigres revenus, Horace ne peut espérer entretenir une femme.

– Tandis qu'avec ce qui lui reviendra de l'héritage...

– Tout serait changé. Seulement, mon cousin n'a sûrement pas le cran nécessaire pour passer du rêve à l'action. De plus, il n'est vraiment heureux qu'à la Rabatelière.

– Et Michèle?

– Ce n'est pas le même caractère. Elle a horreur du château, de l'isolement. Elle est à l'âge où l'on n'a pas assez vécu pour découvrir où sont les vraies richesses. Elle ne tient le coup que dans l'espoir de partir. La ville, le monde, le bruit l'attirent...

– Si elle a tellement envie de filer, pourquoi ne s'en va-t-elle pas?

– L'argent, Chef. Michèle n'a pas le sou. Son manque d'argent la fait prisonnière.

– Et, par la galette que la disparition de sa grand-mère lui rapporterait, elle serait enfin libre.

– Vous avez compris.

– Un excellent motif pour serrer un peu trop le cou de l'aïeule?

– Pas meilleur ni pire que celui de ses deux cousins.

Cambourière remarque :

– Les renseignements, que nous fournit si complaisamment le témoin Chilpéric, ne paraissent guère devoir nous faire bien avancer vers la solution du problème qui nous occupe.

Chilpéric réplique :

– Je ne suis pas extra-lucide. Je suis incapable de vous aider pour l'instant, à trouver la réponse que vous cherchez. Tout ce que je peux essayer, c'est de vous souligner les données du problème afin de vous permettre de juger en toute connaissance de cause.

– Si je vous ai bien compris, ils sont quatre qui, pour des motivations diverses, avaient une raison d'assassiner la comtesse?

– Il y en a d'autres. Moi, d'abord. Je vous ai assuré que j'étais innocent de ce meurtre, mais vous n'avez pour preuve que mon affirmation.

– Je ne vous le fais pas dire!

– De plus, de tous, c'est moi qui ai le plus souffert de la tyrannie de la vieille. Elle m'a privé du nom auquel j'avais droit, de l'argent auquel j'avais droit et par là, de l'enfance, de l'adolescence, de la jeunesse auxquelles j'avais droit. Tout cela pour satisfaire une vanité imbécile, un égoïsme monstrueux. C'est envers moi, que cette vieille femme tapie dans sa chambre comme une araignée dans son repaire avait la dette la plus lourde. Je pouvais humainement penser qu'il m'incombait de la lui faire payer?

– C'est aussi mon avis.

Le Chef estime qu'on perd beaucoup de temps.

– En dehors de vous – puisque vous y tenez – de votre frère, de vos deux cousins et de Mlle Tilleux, qui détestait encore la douairière?

– Les domestiques.

– Les domestiques!

– Pas Juliette, elle est trop sotte, mais Agathe et Alphonse.

– Pourquoi?

– Ma grand-mère et Agathe se haïssaient et elles ont vécu l'une près de l'autre pendant des années et des années comme si chacune d'elles, en se débarrassant de son ennemie, avait craint de se priver de sa vraie raison de vivre.

– Ce n'est pas un peu énorme?

– Non. Agathe – on peut le supposer – en entrant au service des châtelains, n'avait aucun préjugé. Où l'aurait-elle pris? A cause de son intelligence, de son savoir-faire, de son ardeur au travail, elle se rendit indispensable à ses maîtres, leur sacrifiant le foyer qu'elle aurait pu fonder, les enfants qu'elle aurait pu avoir. Son aversion envers la comtesse est née du jour où celle-ci a renié sa fille Armande sous prétexte qu'elle s'était mésalliée. Or, Armande était la préférée d'Agathe, presque sa fille. Quand cette dernière disparut avec son mari dans un accident d'auto, la gouvernante reporta sa tendresse sur Michèle, la fille d'Armande et commença sa guerre sans merci contre Yolande de la Rabatelière. Des deux côtés, on luttait avec acharnement. La comtesse ne parvenait pas à se priver des soins que lui procurait celle qui était au courant de ses habitudes, de ses manies, de ses faiblesses. De son côté,

Agathe n'entendait pas abandonner un combat devenu sa vraie raison de vivre, son vice secret. Grand-mère avait peur de la mort et sa servante goûtait une joie infinie, des délices subtils à découvrir sur le visage abhorré, les flétrissures nouvelles de l'âge, l'approche de la fin. Pour rien au monde, elle n'aurait accepté de manquer le spectacle. Aussi, il me paraît difficile d'admettre qu'elle soit la meurtrière parce qu'en tuant sa maîtresse, elle aurait ôté tout sens à sa propre vie. Deux ennemies acharnées, mais en même temps, complices.

Le gendarme Cambourière persifle :

– Pour être aussi bien renseigné, il faut que vous ayez reçu les confidences de ces dames?

– Non, c'est Alphonse, mon seul véritable ami, au château depuis aussi longtemps qu'Agathe, qui m'a tout raconté.

Bollène s'exclame :

– Vous n'allez pas prétendre que ce pauvre vieux figure, lui aussi, parmi les suspects?

– Tout comme les autres.

– Et à quel titre?

– Il est, depuis toujours, amoureux d'Agathe qui l'a, sans cesse, sacrifié à son esclavage volontaire envers sa maîtresse et ses enfants mal-aimés.

– Il a donc pris rang, à son tour, parmi les victimes de la comtesse.

– Et, par voie de conséquence, parmi ses ennemis.

Cambourière remarque :

– Si Chilpéric a raison, Chef (il préfère ne pas s'adresser directement au témoin) c'est-à-dire en admettant qu'il ne fabule pas trop, comment expliquer l'attentat contre Fabien?

Léon hausse les sourcils, perplexe.

– Ma foi... Vous avez une idée, là-dessus, Chilpéric?

– Pour moi, il n'y a que trois explications : celui ou celle qui avait décidé de tuer la comtesse, a souhaité vous égarer en s'en prenant à Fabien, ou la responsable est Mireille, désireuse de prouver à Clotaire que l'enfant a besoin d'une mère pour veiller sur lui, ou alors, tout simplement, il s'agissait bel et bien d'un accident.

Les gendarmes convinrent qu'il était difficile de raisonner mieux et tandis que Chilpéric s'éloignait, avec mission d'alerter Clotaire, Léon confiait à son adjoint que les choses se présentaient sous un aspect beaucoup plus embrouillé qu'il ne l'avait cru tout d'abord.

***

Clotaire, comte de la Rabatelière, entre de façon assez solennelle et traite les gendarmes avec une certaine superbe :

– Je souhaiterais, messieurs, que vous vous rappeliez que vous êtes chez moi et que vous n'usiez pas de ma demeure comme si vous en étiez vous-mêmes les maîtres.

En réponse à cet avertissement, Bollène réplique :

– Quand on tient à préserver son chez soi de toute ingérence étrangère, monsieur le Comte, il n'est pas recommandé d'y laisser perpétrer un meurtre.

– D'y laisser? vous semblez insinuer que...

– Attention! un gendarme n'insinue jamais, il observe, il déduit, il commande, et il accuse.

– Voyons! vous ne pouvez me...
– Cela suffit, monsieur le Comte. Pourquoi la comtesse s'opposait-elle à votre mariage avec Mlle Tilleux?
– Pardon?
– Nous avancerions beaucoup plus vite si vous répondiez rapidement et franchement à nos questions.
– Eh bien, j'y réponds en vous disant que ça ne vous regarde pas!
– Mauvaise attitude, monsieur le Comte, très mauvaise attitude! Vous réagissez comme un coupable. N'est-ce pas, Cambourière?
– Tout à fait, Chef.
Clotaire proteste, indigné :
– Vous n'avez pas à vous mêler de ma vie privée!
– La comtesse devait penser de même et pourtant quelqu'un s'est mêlé de sa vie privée pour lui serrer le cou jusqu'à ce que mort s'ensuive.
– Taisez-vous!
– Si je me tais et que vous ne vouliez pas parler, je me demande ce que nous allons pouvoir faire? Votre grand-mère estimait qu'épouser Mlle Tilleux serait, pour vous, une mésalliance.
– Elle professait des idées d'un autre âge!
– Mais comme elle possédait la fortune, il vous fallait obéir.
– Dites donc, qu'est-ce que vous...
– En somme, celui ou celle qui a tué Mme de la Rabatelière vous a rendu un fier service?
– Je préfèrerais que vous exprimiez la chose autrement.

– A votre aise : la comtesse, tant qu'elle vivra, s'opposera à votre mariage, vrai?

– Vrai.

– On la supprime et, du coup, vous voilà libre de vous marier avec qui bon vous semble, vrai?

– Vrai.

– Cet inconnu, qui a expédié Mme de la Rabatelière pour vous apporter la liberté, c'est vous. Vrai?

– Faux!

– Que vous dites! Si vous êtes innocent, qui est coupable?

– Je l'ignore!

– Pas très coopératif, hé? Nous aurons l'occasion de reparler de tout cela.

– Je m'en doute!

– Vous pouvez vous retirer. Gendarme, veuillez m'amener Mlle Tilleux.

*
**

La jeune femme entre en esquissant un pas de danse. Le Chef fronce le sourcil.

– Vous estimez que c'est le moment?

– Je ne peux m'en empêcher... Les autres traduisent leurs sentiments par des mots et des cris, moi, c'est avec les jambes.

– Ah? Asseyez-vous, mademoiselle, car je ne puis interroger quelqu'un lancé dans un tango ou un cha-cha-cha.

– Si vous voulez, mais assise, je me sens comme bâillonnée.

– Il y a longtemps que vous connaissez M. de la Rabatelière?

– Deux ans, à peu près.
– Vous êtes sa maîtresse?
– Pour qui me prenez-vous? Je suis sa secrétaire et rien d'autre!
– Il vous aime, pourtant?
– Du moins, il ne cesse de me le répéter.
– Et vous?
– Il ne m'est pas indifférent.
– Et malgré cette attirance réciproque?...
– Malgré. Je ne suis pas une personne qu'on prend et qu'on laisse. Le mariage ou rien.
– La comtesse ne l'entendait pas de cette oreille.
– Cette vieille bique raisonnait comme Blanche de Castille!
– Pourquoi Blanche de Castille?
– Je ne sais pas. Je voulais dire que l'esprit de la comtesse remontait au Moyen Age et qu'il était légèrement mité.
– Je vois. Entre nous, celui qui l'a envoyée *ad patres*, a fait de vous une future comtesse?
– Ça se pourrait!
– Dans ce cas, on est en droit de se poser la question de savoir si ce meurtrier libérateur ne serait pas votre amoureux?
– Clotaire? pauvre minet! Il ne pourrait pas tordre le cou à une poule!
– Alors, vous?
– Non, mais ça ne tourne pas rond sous votre képi?
Cambourière la prévient :
– Attention à ce que vous dites si vous ne tenez pas à vous retrouver au trou!

– Ecoutez-moi celui-là! Il y en a un qui me traite de putain, d'assassin, et l'autre veut me coller en cabane! C'est un monde, non?

– Vous n'exagérez pas un peu?

– Et vous?

– Admettons que vous ne soyez pour rien dans cette sanglante histoire.

– Je veux!

– A votre idée, qui a tué la comtesse?

– Je n'en sais rien et par-dessus le marché, je m'en fous! En tout cas, un brave type ou une bonne fille qui a rendu service à tout le monde!

– Sauf à la comtesse, bien entendu. Vous ne quittez pas le château sans mon autorisation.

– D'accord! D'ailleurs, je ne me trouve pas mal ici.

– Vous pouvez disposer.

Sitôt qu'elle eut refermé la porte derrière elle, Léon regarde son adjoint :

– Votre opinion?

– L'assassin n'a pas servi le comte. Je me demande comment il va se débarrasser de cette femme.

– Ne cherchez pas : il ne s'en débarrassera pas. Si, d'aventure, c'est lui qui a étranglé la comtesse et même si nous ne pouvons pas le prouver, la Tilleux le lui fera payer et longtemps!

⁂

Les interrogatoires d'Horace et de Michèle n'apportèrent rien d'intéressant. Le jeune homme assurait avoir de la peine de la disparition de la comtesse, d'abord parce qu'elle était sa grand-mère, ensuite parce qu'elle incarnait un passé dont il était fier et dont, par sa mort, il était subitement écarté. Horace, sous ses dehors fantaisistes, sous son apparente désinvolture, était un garçon paisible, sans autre ambition que d'épouser sa cousine Michèle et de fonder, avec elle, un foyer comme il en existe des millions et des millions. Ils s'installeraient, sans doute, à Tournon et viendraient passer les vacances scolaires à la Rabatelière. Un homme simple, aspirant à un bonheur simple. Il n'avait aucune raison d'en vouloir particulièrement à la victime dont le difficile caractère s'assouplissait pour lui. Il avait le sentiment de l'amuser, ce qui expliquait qu'elle lui permît un franc-parler interdit aux autres, même à Clotaire. Pourtant, Horace n'avait jamais pu obtenir de son aïeule qu'elle lui donnât l'argent nécessaire à son établissement avec Michèle. Il était vrai que le décès de la comtesse allait lui permettre de matérialiser le rêve si longtemps nourri et que les cloches de Révezat ne tarderaient pas à sonner pour célébrer les noces des deux jeunes gens.

– Vous ne craignez pas que cette conclusion heureuse d'une affaire sordide ne vous fasse soupçonner d'avoir forcé la main au destin, en abrégeant une existence qui, pour vous, interdisait tout espoir de bonheur?

– C'est assez horrible ce que vous dites là... et pourtant, je ne trouve rien à répondre sinon que je suis incapable d'un pareil geste. Ceux qui me connaissent le savent et pour étayer leur conviction, ils trouveront peut-être des arguments que je ne puis trouver.

Tout de suite, en voyant entrer Michèle, Léon et Cambourière surent qu'elle était d'une autre trempe que son amoureux. Elle n'éprouva aucune gêne à reconnaître que la mort de la comtesse allait lui rendre sa liberté. Elle pourrait enfin quitter ce château, devenu pour elle, une prison. Elle n'avait pas eu la moindre relation affective avec sa grand-mère, du jour où Armande, maman de Michèle, s'était tuée sur la route avec son mari. Seule, Agathe s'était montrée d'un dévouement maternel à son égard.

– Pourquoi la comtesse vous détestait-elle?

– Parce qu'elle était folle et qu'à travers moi, c'était sa fille désobéissante et mésalliée qu'elle continuait à punir.

– Vous avez été malheureuse?

– Oui, je n'ai pas eu de jeunesse. Sans doute, Horace depuis toujours, et Chilpéric, depuis qu'il est arrivé au pays, m'ont témoigné de l'affection, mais ils ne sont pas là très souvent. Horace est dans son collège et Chilpéric, on ne sait où.

– Mademoiselle, pour vous venger et venger votre mère, avez-vous tué Mme de la Rabatelière?

– Non, mais je regrette qu'un autre l'ait tuée pour moi.

⁂

Alphonse suscitait la sympathie du premier abord. Il avait une tête ronde aux cheveux blancs coupés court et des yeux limpides.

– Je voyais peu Mme la Comtesse. Elle me transmettait ses ordres par Agathe.

– Vous l'aimiez?

– Non.

– Pourquoi?

– Parce qu'à cause d'elle, je n'ai pu fonder de foyer. Elle n'aurait jamais supporté qu'Agathe quitte son service. Il aurait fallu partir tout de suite sitôt que nous nous sommes avoué que nous nous aimions, Agathe et moi. Et puis, à force de repousser la date de notre départ, le temps a passé. Maintenant, nous sommes vieux...

– En somme, sans la comtesse, vous auriez pu épouser Agathe et couler des jours heureux?

– Sûrement!

– C'est pour ça que vous l'avez tuée?

– Qui?

– Madame de la Rabatelière.

Alphonse se met à rire.

– Vous ne croyez pas que si j'étais capable de commettre un crime, je m'y serais pris plus tôt?

⁂

Alors qu'ils rentraient à Révezat, le Chef, quelque peu perdu, sollicite, à nouveau, l'avis de son adjoint :

– Votre impression, au terme de ce premier jour d'enquête?

– Aussi paradoxale que cela puisse paraître, le meurtre de cette vieille femme n'est – peut-être bien – qu'une histoire d'amour.

– Fichtre! expliquez-moi ça?

– Le comte Clotaire aime Mireille qui, quoi qu'elle s'en défende, l'aime aussi. Or, qui s'oppose à leur bonheur? La comtesse. Horace de la Rabatelière aime sa cousine qui lui rend sa tendresse. Qui empêche le mariage? La comtesse. Alphonse et Agathe s'aiment depuis trente ans. Qui les a privés du bonheur auquel ils avaient droit? la comtesse. Une histoire d'amour, Chef. La Rabatelière, c'est « Le Château des amours frustrées ».

– Vous devez avoir raison mais, dans ce cas, lequel ou laquelle a pris l'initiative de se libérer et, en même temps, de libérer les autres?

– Je l'ignore, Chef. Ne pourrait-on envisager un meurtre collectif?

– Ce serait le bouquet!

CHAPITRE IV

Tout le village était à l'église lorsque la bière renfermant la dépouille de Yolande de la Rabatelière, portée par quatre membres du Conseil Municipal, y fit son entrée, suivie par les petits-enfants de la défunte. Parmi ceux-ci, Chilpéric qu'on ne reconnut pas tout de suite, du fait qu'il était vêtu comme ses cousins. Les femmes de Révezat assistant à l'office, s'accordèrent pour le juger beau garçon.

Le chef Bollène et son adjoint Cambourière avaient pris place derrière la famille. Leur présence impressionnait car, naturellement, le pays entier était au courant du meurtre. Léon regardait ces dos, ces nuques et, tel le chien d'arrêt humant l'odeur du gibier dans le buisson devant lequel il s'est immobilisé, il se répétait que l'un ou l'une de ceux-là vêtus de noir, à l'attitude compassée, était un criminel. En dépit de ses nombreuses années de service, il ne parvenait pas à s'habituer à la méchanceté des hommes et à leurs ruses. Colette avait eu l'intention d'assister au service funèbre mais son mari s'y était opposé, sans savoir exactement pourquoi. Peut-être craignait-il obscurément que sa femme si claire, si transparente, ne fut souillée par la présence du meurtrier. Il préférait la tenir à l'écart de ces vilénies.

Sur la placette précédant le porche de l'église, les fidèles s'agglutinaient avant d'emboîter le pas au corbillard. Chilpéric rejoignit les gendarmes, se tenant un peu à l'écart.

– Bonjour, Chef... Il y a là quelqu'un qui peut – sans doute – vous donner un coup de main pour résoudre votre problème. Cet important, là-bas, qui passe entre les groupes, à la façon d'un coq dans une basse-cour.

Il désignait, de la sorte, un quinquagénaire portant beau, répondant d'une inclinaison de tête aux innombrables saluts qu'on lui adressait. Il avait présenté ses condoléances aux de la Rabatelière avec une onction qui eut pu le faire prendre pour un évêque en civil. Il promenait sur l'assistance, un regard désabusé. Visiblement, il ne se sentait pas à sa place dans ce milieu paysan. Le Chef s'enquit :

– Qui est ce Monsieur?

– Me Aubepierre d'Annonay. C'est lui qui s'occupait des intérêts de la grand-mère.

Le notaire fut favorablement impressionné par la manière dont Léon se présenta à lui. Il y voyait la soumission de la force à l'esprit, de l'épée à la toge.

– Chef Bollène, commandant la brigade de Révezat.

– Maître Aubepierre d'Annonay.

– Je crois que c'est vous, Maître, qui veilliez aux intérêts de la défunte comtesse de la Rabatelière?

– En effet.

– Vues les circonstances dramatiques du décès de celle que nous pouvons appeler victime, je dois vous rencontrer le plus tôt possible.

– Je comprends, hélas... Ah! monsieur, le monde devient fou et, croyez-en mon expérience, il en est ainsi depuis qu'on a rendu l'enseignement obligatoire et que des propagandes infâmes ont écarté le peuple des églises! Voici ma carte. Je vous attendrai demain à trois heures. J'ai bien l'honneur de vous saluer.

Sur ces mots, le notaire s'écarta pour rejoindre le cortège et avec celui-ci se mettre en marche d'un pas lent et majestueux. Léon eut quelque peine à récupérer après ce court entretien. Il ne se figurait pas qu'il existât des gens comme ce tabellion. En regagnant la gendarmerie, il n'était pas encore revenu de son ébahissement. Ainsi qu'à chaque fois où des gens rencontrés ou des événements inattendus l'arrachaient au monde où il avait fait son trou, il se réfugiait près de sa femme dont le solide bon sens le rassérénait.

Quand Léon eut expliqué le drôle de bonhomme que semblait être Me Aubepierre, qu'il eut singé ses attitudes, sa démarche, sa manière de parler, Colette conclut :

– Je vois! Un imbécile qui se figure être plus intelligent que tout le monde. Et il s'installe dans sa certitude parce que personne n'a encore osé lui faire remarquer qu'il n'est qu'un couillon.

– Tu ne voudrais pourtant pas que ce soit moi qui prenne cette initiative!

– Malheureusement, ton uniforme t'en empêche. Parle-moi plutôt de ce qu'il se passe à la Rabatelière.

– Pour t'avouer la vérité, mon lapin, je n'y comprends pas grand-chose...

– Toi!

– Moi... S'il n'y avait cette vieille femme étranglée. je croirais être tombé comme un aérolithe dans une bergerie.

– Une bergerie?

– Je veux dire une de ces histoires d'amour dans une campagne idéalisée où les paysans et leurs femmes semblent habillés par les couturières de l'Opéra-Comique! La chaumière est devenue château, le Prince Charmant est un comte, la gardeuse d'oies, une danseuse, les confidents, un couple de jeunes gens qui s'adorent et, pour veiller sur le bon déroulement de cette charmante comédie, une sorte de dieu des jardins dont l'âge a blanchi le poil et qui aime depuis trente ans ou plus, une personne, sa contemporaine qui...

– ... ne l'aime pas!

– Erreur! Elle l'aime autant qu'il la chérit.

– Où est le drame dans tout cela?

– Il se résume dans le cadavre de la comtesse brutalement expédiée.

– Quel rapport entre cette horrible chose et ces belles amours auxquelles tu fais allusion?

– Justement, feue Yolande de la Rabatelière s'opposait à ces amours.

– A toutes?

– A toutes.

– Alors?

– Alors, on ne peut s'empêcher de se demander si l'un de ces amoureux, plus impatient que les autres, n'a pas cru, en tuant la comtesse, supprimer ce qui entravait le déroulement normal de ses amours.

– Tu penses vraiment qu'une tendresse brimée...

– Je ne sais pas, mais j'ignore comment j'aurais réagi si l'on avait, d'une manière ou d'une autre, voulu m'empêcher de te rejoindre.

– Mon chéri...

Comme toujours, cette grave discussion se termina dans des ébats qui n'avaient vraiment rien à voir avec une enquête criminelle.

***

La demeure qu'habitait Me Aubepierre lui ressemblait. La façade en était sombre et imposante. L'entrée rappelait la Loi dans son aspect le plus sévère. Il n'y avait pas d'ascenseur, d'abord parce que l'usage en était considéré comme une de ces faiblesses expliquant la décadence française, ensuite parce qu'il ne déplaisait pas au notaire que le client arrivât sur son seuil, essoufflé. Cela le mettait en état d'infériorité, le rendant plus vulnérable. La volée d'escalier apparaissait superbe au visiteur. Le Chef lui-même ne manque pas d'être impressionné.

Dès le vestibule où l'accueille une gouvernante aux cheveux gris et à la tenue de quakeresse, Bollène sent, sur sa peau autant que sur son esprit, le poids de la loi. Derrière un bureau d'acajou précédant une énorme cheminée en marbre noir que surmonte une pendule en onyx vert sombre, Me Aubepierre siège dans un fauteuil à haut dossier où il semble n'être là que pour rendre la justice. Les murs lambrissés, les rayonnages de chêne patinés par le temps et supportant des rangées de volume reliés en cuir, achèvent de donner à l'ensemble une solennité qui, d'emblée, met le client mal à l'aise.

– Bonjour, mon ami, asseyez-vous, je vous prie.

Ce « mon ami » ne plaît pas beaucoup au Chef qui y flaire une sorte de condescendance visant à l'humilier. Aussi, est-ce très sèchement qu'il réplique :

– Bonjour, Maître. Je n'ai pas l'intention de vous faire perdre votre temps ni de perdre le mien.

Me Aubepierre tique. Il n'aime pas qu'un autre que lui prenne l'initiative d'un entretien.

– Je vous écoute.

– Je ne pense pas utile de vous rappeler la mort de la comtesse de la Rabatelière.

Le notaire croise les mains sur son ventre, ferme à demi les yeux et soupire :

– Pauvre chère créature...

– Il y en a un ou une que je plains plus qu'elle...

– Et qui donc?

– Celui ou celle qui a étranglé votre cliente.

Me Aubepierre sursaute :

– Je vous en prie! Je déteste la vulgarité et je ne sais rien de plus vulgaire que... que l'accident auquel vous venez de faire allusion.

– Maître, c'est au criminel qu'il conviendrait d'adresser ce genre de remarque.

– Croyez que si je le connaissais, je n'attendrais pas vos conseils pour lui exprimer ma façon de penser!

– Mais, vous le connaissez!

– Qu'est-ce que vous dites?

– Vous le connaissiez avant qu'il ne commette son crime et vous le connaissez depuis qu'il l'a commis, seulement il vous est encore impossible de le désigner.

– Que signifie, s'il vous plaît, ce discours?

– Que le meurtrier étant vraisemblablement quelqu'un du château...

– Oh! comment osez-vous? Une famille qui m'a confié ses intérêts dès mes débuts dans la profession! Des nobles dont la noblesse remonte en ligne suivie jusqu'à Henri II!

Sous le coup de l'indignation, le notaire étouffe. Bollène s'enquiert, paisible :

– N'estimez-vous pas, Maître, que nous sommes en train de parler pour ne rien dire?

– Je ne saurais tolérer qu'on calomnie un de mes clients!

– Eh bien, vous irez exposer votre point de vue à la barre des Assises.

– Les... les Assises?

– Dame! N'est-ce pas cette juridiction qui est appelée à juger les procès criminels?

Me Aubepierre s'éponge le front avec un fin mouchoir de fil et gémit :

– Je suis effondré... Je n'aurais jamais soupçonné que je puisse, un jour, entendre des choses pareilles dans mon cabinet... Que voulez-vous apprendre?

– Qui avait un intérêt matériel et particulier à la mort de la comtesse?

– Vous allez être déçu : tout le monde et personne.

– Pas très clair.

– Je m'explique... lorsque Yolande de Trouy, âgée de dix-huit ans, épousa en 1917, le comte

Hugues de la Rabatelière qui avait alors trente ans et venait d'être réformé pour une grave blessure reçue en 1916, à Verdun, elle apporta une dot qu'on pouvait évaluer à deux millions de nos francs lourds. Le comte, pour tout avoir, ne possédait qu'un château délabré, quelques bijoux de famille et sa pension de capitaine.

– Qui étaient ces Trouy?

– Des gens très riches... Fortune de bois, de troupeaux, de fermes...

– Une belle chance pour l'heureux époux.

– Ils s'aimaient, monsieur... Il serait indécent d'interpréter la chose autrement...

– Comme vous voudrez. Que reste-t-il de cette fortune?

– Mais... beaucoup.

– C'est-à-dire?

– Qu'avec la hausse des prix des produits de la terre, l'héritage doit se monter à trois millions ou à peu près.

– Qui vont à qui?

– Le plus normalement du monde, aux héritiers légitimes, car figurez-vous que la défunte n'avait pas rédigé de testament.

– Non!

– Si... La comtesse était de ces personnes qui s'imaginent qu'exprimer officiellement ses ultimes volontés vous mettait en danger de mort. Vous ne pouvez imaginer combien, nous autres, sommes encore affrontés à des superstitions qu'on ne soupçonnerait pas.

– Pardonnez-moi... je suis complètement désemparé.

– Vraiment?

– J'espérais, je l'avoue, que l'un des héritiers particulièrement favorisé, se serait montré impatient.

Me Aubepierre eut un sourire sarcastique.

– Il va falloir réviser vos convictions... un peu rapides, non?

– Alors, qui hérite, finalement?

– C'est très simple : Clotaire, Horace et Michèle vont se partager cette somme assez fantastique, à parts égales.

– Et Chilpéric?

– Légalement, je ne le connais pas.

– Jusqu'au bout, il n'aura pas eu de chance, celui-là... Les vieux domestiques?

– Rien, en l'absence de tout testament.

Le Chef se lève, visiblement déprimé.

– Bon, eh bien, il ne me reste plus qu'à reprendre le problème. Je vous remercie, Maître...

– Je demeure à votre disposition.

– Très aimable à vous.

Bollène, arrivé à la porte, s'apprête à sortir lorsque le tabellion s'exclame :

– Je ne pense pas trahir le secret professionnel en vous révélant que la veille de sa mort, Mme de la Rabatelière m'a téléphoné.

– Que voulait-elle?

– Me prier de passer au château.

– Savez-vous pourquoi?

Le notaire prend son temps, avant de répondre avec une mine gourmande :

– Afin que je l'aide à rédiger son testament.

⁂

En sortant de l'étude de Me Aubepierre, le chef Bollène se précipite chez le docteur Baïse qui le reçoit, un peu effaré.

– Que se passe-t-il, Chef?

– Un simple renseignement. Vous étiez le seul médecin de la comtesse de la Rabatelière.

– Je crois, oui.

– Comment jugiez-vous son état de santé?

– Excellent, en dépit de petites manies et d'inquiétudes sans fondement, mais propres aux gens très âgés.

– Estimez-vous que la comtesse avait encore plusieurs années à vivre?

– Sauf accident, six ou huit ans car elle était bâtie à chaux et à sable.

– Avez-vous eu l'occasion d'exprimer cette opinion devant les membres de la famille?

– Oui, quelques jours avant sa mort. J'étais venu lui prendre une visite amicale et professionnelle, ainsi que je le faisais tous les quinze jours. En quittant ma cliente et amie, j'ai trouvé les cousins en train de prendre le thé. On me demanda ce que je pensais de la vieille dame et je dis alors ce que je viens de vous rapporter.

– Vous souvenez-vous de celui ou de celle qui a posé la question?

– Attendez... je crois... oui... ce n'est pas un des cousins.

– Qui donc, dans ce cas?

– Mlle Tilleux.

– Curieux... Merci beaucoup, docteur.

*
**

De retour à la brigade, le Chef appelle Cambourière et le met au courant de ce qu'il avait glané au cours de ses entretiens, avant de conclure :

– Nous avons désormais le choix entre deux hypothèses : ou l'on a tué la comtesse parce que l'avis du médecin quant à la longévité de la future victime a irrité de cruelles impatiences ou bien quelqu'un a appris que la vieille dame avait appelé le notaire et ce quelqu'un a eu peur pour ses intérêts. Demain, nous irons voir ces messieurs et dames. Vous savez, Cambourière, que cette danseuse qui occupe une si étrange place au château, commence à m'intéresser beaucoup.

– Je ne pense pas que vous ayez tort, Chef.

*
**

Ayant déjà pris son nouveau rôle de maître de maison au sérieux, Clotaire présidait le dîner de famille auquel Fabien n'avait pas encore le droit de participer. Juliette cumulait un peu toutes les fonctions domestiques depuis que le maître d'hôtel était devenu incapable de servir à table et qu'Agathe refusait de poser un pied dans la cuisine où régnait une sorte de monstre femelle dont la seule vue la mettait hors d'elle. Les algarades des deux femmes s'affirmaient une des rares distractions de la vie au château. Ayant déposé la soupière au centre de la table, la jeune bonne se retira. Clotaire, jouant les

« *pater familias* » distribuait des louches de potage lorsqu'il suspendit son geste pour annoncer :

– Me Aubepierre m'a téléphoné pour m'apprendre que le chef Bollène lui avait rendu visite.

Sans donner davantage d'explication, le comte reprend et achève sa distribution tandis qu'Horace grogne :

– Mais, nom d'un chien! qu'est-ce qu'il a à fouiner partout, celui-là?

– Il fait son métier.

– Il espère trouver l'assassin chez le notaire?

– Disons qu'il l'espérait peut-être et dans ce cas, il a été déçu car Me Aubepierre m'a confié que grand-mère, n'ayant pas eu le temps ou l'envie de rédiger son testament, ce qu'elle laisse sera réparti en trois parts égales... (il ajoute, après un court moment de silence :) savez-vous, mes bons cousins que nous allons toucher, chacun, pas loin d'un million de francs lourds...

Mireille bat des mains, en s'écriant :

– Ça va nous faire cent millions!

Michèle la regarde et, sèchement :

– Nous?

– Dame! Clotaire et moi, puisque nous devons nous marier!

– Je constate avec plaisir que toutes vos réticences à l'égard du mariage ont fondu comme neige au soleil. Il est vrai qu'un million de francs lourds est un beau soleil...

– Vous... vous insinuez que... que...

Clotaire intervient :

– Calme-toi, Mireille!... ce n'est qu'une plaisanterie, de mauvais goût, certes, mais une plaisanterie...

Michèle, je te serais obligé de veiller à tes paroles.

Un coup de sonnette rageur appelle Juliette qui dessert avant de présenter le rôti de bœuf accompagné de pommes de terre poêlées.

La bonne repartie, Michèle demande :

– Et Chilpéric?

Le comte, occupé à découper le rôti, relève la tête.

– Quoi, Chilpéric?

– Qu'est-ce qui lui reviendra?

– Je ne vois pas à quel titre il aurait droit à quelque chose?

– Mais, c'est ton frère!

– Rien ne le prouve, que je sache!

– Voyons, nous en sommes tous certains, au château!

– Eh bien! amusez-vous avec vos certitudes!

– On l'a déjà privé de son nom, d'une jeunesse aussi heureuse que la nôtre et maintenant, voilà que vous voulez le dépouiller de son héritage?

– Il n'y a pas d'héritage à son nom!

– Clotaire, tu es un beau salaud!

Le comte se dresse, furieux.

– Retire immédiatement cette insulte ou sans cela...

– Ou sans cela?

Horace, souhaitant rabibocher les antagonistes, conseille à sa cousine :

– Excuse-toi, Michèle!

– M'excuser auprès d'un voleur!

– Michèle!

– Et toi qui prends sa défense, tu ne vaux pas mieux que lui!

Le conflit s'envenime lorsque la porte s'ouvre devant Chilpéric.

– Bonsoir frérot, bonsoir cousin et cousine...

Très froid, Clotaire remarque :

– Je constate, avec plaisir, que tu as mis fin à ton originalité vestimentaire, cependant, je te rappelle que je suis le chef de la famille des Rabatelière et que je n'admets pas que tu rentres ici comme dans un moulin.

– Pardonne-moi... je pensais que la maison de mon frère était aussi un peu la mienne.

– Mon frère! mon frère! c'est vite dit!

– Quelle mouche te pique, ce soir?

Michèle répond pour son cousin.

– Une mouche d'un million de francs lourds! Il a peur que tu en réclames une partie!

Chilpéric se met à rire et demande doucement :

– C'est vrai, Clotaire?

Parce qu'au fond, il a mauvaise conscience, le comte crie :

– Tu n'as aucun droit légal! et si tu souhaites intenter un procès...

– Rassure-toi, mon pauvre Clotaire, je ne désire pas une part de votre argent. Te voilà rassuré? D'ailleurs, j'étais venu t'annoncer que je quittais le pays.

Michèle s'exclame :

– Oh! non...

– Eh si! ma cousine... Maintenant que la grand-mère est partie, je n'ai plus rien à faire ici.

– Moi, je n'accepte pas de recevoir cette fortune, si toi, tu n'as rien. Reste et je te donnerai tous les millions que tu voudras.

– Tu es gentille, mais je n'en ai pas besoin... Tu ne crois pas que tu pourrais m'offrir un verre, frérot?

– Assieds-toi et sers-toi.

Chilpéric prend place à la table, se sert un verre de vin, le boit avant de remarquer :

– Alors, elle a laissé trois millions?

Mireille – toujours sous le coup de l'enthousiasme déclenché chez elle par la perspective de puiser dans cette masse d'argent – s'écrie :

– Un million chacun! Vous vous rendez compte?

Chilpéric les regarde tous, lentement, les uns après les autres, avant de remarquer :

– Vous vous trompez, mademoiselle, la part des héritiers sera d'un million et demi.

– Comment ça?

– L'un de vous trois ne touchera rien.

Clotaire s'emporte :

– Tu es fou! Tu racontes n'importe quoi!

Inquiète, Mireille s'enquiert :

– Et qui serait privé de sa part?

– Celui ou celle qui a tué la comtesse ou s'est fait le complice du criminel. La loi empêche le meurtrier d'hériter de sa victime.

Un silence épais règne d'abord dans la pièce, un silence où l'on entend le bruit sourd de respirations oppressées tandis qu'on échange des coups d'œil inquiets pour tenter de deviner qui est visé par la réflexion de Chilpéric, puis Clotaire proteste avec une véhémence qui sonne tellement faux que, tous, en sont gênés.

– Chilpéric, tu débites n'importe quoi pour te venger de ne pas toucher un sou!

– Tu te figures donc que j'ai l'âme aussi basse que toi?

– Je ne te permets pas de...
– Je m'en fous!
Il se lève.
– Ce que je vous ai rapporté, c'est l'opinion des gendarmes. Ils seront bientôt là pour vous l'exposer et je ne te conseille pas, mon pauvre Clotaire, de prendre tes grands airs avec eux. Ils sont difficiles à intimider. Sur ce, je vous salue, et vous préviens que, dans la nuit de demain, je partirai définitivement.
Michèle interroge :
– Où iras-tu?
– Je ne sais pas.
Mireille insiste :
– Pourquoi voyagez-vous la nuit?
– Parce que j'aime l'ombre qui me dissimule le visage des hommes.

***

En abandonnant les siens dont la majorité le reniait, Chilpéric gagne les communs où Alphonse lui a aménagé une assez confortable retraite. Il trouve le jardinier avec Agathe. Il les aime bien tous les deux.
– Que font-ils, là-bas?
– Ils comptent les sous que va leur rapporter la mort de la grand-mère : un million de francs lourds chacun.
Agathe opine :
– Une belle somme et comme ils auront la même chose, tous, il n'y aura pas de jaloux. Mais, vous?
– On m'a oublié...
– C'est injuste!

– Je n'ai nul besoin de l'argent d'une femme qui me haïssait et d'un père dont je préfère ne pas me souvenir. Je partirai demain, dans la nuit.

Alphonse soupire :

– Vous serez le premier à quitter le château... Après, ce sera Horace et Michèle qui se marieront et s'en iront vivre ailleurs... Clotaire épousera Mireille et ils n'habiteront pas souvent le château... enfin, Agathe et moi partirons finir nos jours dans la cabane que m'ont laissée mes parents à quelques kilomètres de Révezat.

Agathe conclut :

– Ainsi se terminera l'histoire – notre histoire – de la Rabatelière, d'une façon banale, triste.

– A moins que le Chef Bollène et ses gendarmes n'y apportent un dénouement dramatique, en arrêtant l'un des héritiers qu'ils inculperont de meurtre prémédité.

– Monsieur Chilpéric! Ne dites pas ça! Ce serait trop affreux, trop injuste!

Alphonse apaise sa bien-aimée par une question d'ordre domestique :

– Je monte arranger votre lit, monsieur Chilpéric?

– Je ne me coucherai pas avant le petit matin. Je veux profiter du calme de cette nuit pour admirer, une fois encore, un paysage nocturne que je ne reverrai, sans doute, pas.

***

Dans la salle à manger, après le départ de Chilpéric, ils n'avaient plus parlé jusqu'au moment où Clotaire remarque :

– Et s'il avait raison?

Trahissant l'état général de nervosité, Horace regimbe :

– Raison en quoi? pour quoi? sur quoi?

– Que ce soit l'un de nous qui ait assassiné la grand-mère?

Incapables de réagir sur-le-champ, ils le contemplent avec des yeux ronds. Horace, le plus énervé, proteste le premier :

– Tu es fou ou quoi?

– Si, vraiment, les gendarmes pensent que...

– On n'a pas à se soucier de l'opinion des gendarmes!

– Je te rappelle qu'on ne les invite pas! Ils viennent tout seuls...

– Mais enfin, on ne va pas se laisser manœuvrer comme des analphabètes par les pandores? En tout cas, que cela leur plaise ou non, dès demain, je rentre à Saint-Fortunat!

Sur cette promesse, il sort de la pièce en en claquant la porte. Mireille s'étonne :

– Qu'est-ce qu'il lui prend?

Michèle hoche la tête avec tristesse :

– Ses nerfs le lâchent... Sous son apparence de joyeux garçon, toujours prêt à une blague, sans cesse disponible pour un mot d'esprit, Horace est un inquiet et, en ce moment, il a peur.

– Peur? mais de quoi a-t-il peur?

– Si je pouvais vous répondre, Mireille, il n'y aurait plus de problème.

La danseuse se tourne vers Clotaire :

– Parce qu'il y a un problème?

Le comte exaspéré, cogne sur la table :

– Un problème? penses-tu! On étrangle ma grand-mère, quoi de plus naturel? Nous sommes trois héritiers et les gendarmes déclarent que le meurtrier est un de nous, quoi de plus rassurant? S'ils ont raison, quelqu'un ici va partir au bagne pour le reste de ses jours, quel plus beau voyage souhaiter? Comme tu le vois, il n'y a pas de problème, espèce de gourde!

A son tour, Clotaire jette sa serviette sur la table et se précipite hors de la pièce, laissant Mireille éberluée. Quand elle est remise de sa surprise, elle lance à Michèle :

– Je commence à me demander s'ils ne deviennent pas tous fous?

– Mais non... Clotaire a peur lui aussi.

– C'est stupide! pourquoi aurait-il peur?

– Il vous l'expliquera s'il juge que cela vous regarde.

– Si cela me regarde? et comment! N'oubliez pas que je suis presque sa femme et si on ne se confie pas à sa femme, à qui peut-on se confier?

– A Dieu.

– Hein? ah! oui... bien sûr... d'ailleurs, Clotaire n'a rien à cacher puisque ce n'est pas lui qui a assassiné la grand-mère!

– En êtes-vous certaine?

***

Chilpéric éprouve une allégresse étrange à suivre, le plus silencieusement possible, les sentiers nocturnes serpentant au long des collines. Tantôt, il marche dans la vastitude des champs où rien n'émerge de l'obscurité pour accrocher son regard et écoute des ruisselets murmurer au ras du sol tandis que les pas du promeneur déclenchent des fuites légères, tantôt il avance parmi les arbres et le vent de la nuit, agitant à peine les feuilles, fait croire à des conversations surprises bien qu'à peine chuchotées.

Chilpéric arrive à une clairière où il a accoutumé de se reposer en épiant les échos d'existences qui se dissimulent le jour, lorsqu'il s'arrête net, croyant avoir entendu une forte respiration ne pouvant appartenir qu'à un homme ou à une grosse bête. Il s'accroupit derrière un arbre et attend. Bientôt, il peut distinguer le craquement des ronces arrachées et le bruit clair des branches sèches cédant sous le poids d'un importun. Du cercle des arbres, un homme ne tarde pas à émerger.

Le carnier qu'il porte à l'épaule, dit assez qu'il s'agit d'un braconnier. De braconnier, il n'y en a qu'un dans le pays. Chilpéric se redresse lentement, appelle à mi-voix :

– Honoré!

L'homme sursaute, tournant sur lui-même pour tenter de deviner d'où arrive l'appel.

– Honoré!

Affolé, le braconnier est prêt à se jeter dans une fuite aveugle, quand on dit :

– N'aie pas peur, Honoré.

– Qui c'est?

– Moi!

Chilpéric sort du couvert qui le cachait.

– Qui vous êtes?

– Il n'y a que toi et moi qui nous baladons la nuit, Honoré.

– Chilpéric!

– Tout juste!

Lorsqu'ils se furent serré la main, les deux amoureux de l'ombre s'asseyent à même le sol, le dos appuyé au tronc d'un hêtre.

– Vous m'avez flanqué une belle frousse!

– Parce que tu n'as pas la conscience tranquille! Enfin, tu as une femme, des gosses, pourquoi ne vis-tu pas comme tout le monde?

– Je peux pas.

– Allons donc!

– Je suis heureux que dans les collines, la nuit. Le jour, je m'ennuie. Ma femme me comprend pas, mes gosses pensent qu'à se chamailler et tous les donneurs de conseils... « où ça te mènera-t-il tout ça, Honoré? Y a le gros Léon qui cherche quelqu'un pour l'aider à refaire le toit de sa grange... » C'est pareil toute la journée. Alors, j'attends que le pays soit endormi et je file dans la campagne. C'est là, seulement que je me sens libre. Ma femme croit que je sors pour braconner. Pas plus que les autres, elle ne peut admettre que le gibier qu'il m'arrive de rapporter n'est qu'une excuse. Allez donc leur expliquer ce silence, cette odeur, ce calme? Ils rigoleraient!

– C'est vrai. Quand ils ne sont pas occupés à faire le mal, ils rigolent.

– Vous-même, pourquoi que vous vous baladez la nuit?

– Parce que j'aime bien la solitude et que plus ça va, plus je l'aime.

– On a un peu les mêmes goûts, pas vrai?

– Sans doute. Je suis content d'avoir pu bavarder un instant avec toi.

– Moi aussi.

Reprenant la direction du château, Chilpéric pense que le hasard ménage sans cesse des rencontres susceptibles de nous enrichir, mais qu'on ne peut malheureusement prolonger.

⁂

Le gendarme Masson – un consciencieux – avait entraîné son collègue Cambourière, dans une ultime ronde à travers Révezat endormi. Tout en constatant que rien ne cloche dans la belle ordonnance du village silencieux, il expose son point de vue :

– Je sais qu'il ne m'appartient pas de juger mes supérieurs, mais j'ai le droit d'avoir une opinion, n'est-ce pas?

– Bien sûr...

– Notre chef, par exemple, est un excellent homme, Je ne suis pas certain qu'il soit un bon gendarme.

– Qu'entendez-vous par là?

– Il n'est plus le serviteur inconditionnel de la loi qu'il était. Une indulgence qui, peu à peu, tourne à la faiblesse. Voyez le cas de cet animal d'Honoré, braconnier notoire et qu'on laisse libre de poursuivre ses activités illégales sous prétexte que son épouse Marguerite est une brave et malheureuse personne qui n'éprouve, cependant, pas le moindre scrupule à manger le gibier prohibé volé par son époux!

– Le fait est...

– C'est comme le meurtre de la comtesse, il s'entête à ne pas ouvrir les yeux sur la réalité!

– La réalité?

– Enfin, voyons, il suffit de raisonner! Pourquoi les héritiers qui attendaient depuis si longtemps, se seraient-ils brusquement impatientés?... Ils sont jeunes... Ils ont l'avenir devant eux, tandis que Chilpéric, lui, avait une bonne raison pour supprimer la vieille : la vengeance. Croyez-moi, Cambourière, quand vous aurez autant d'années de service que moi, vous constaterez, l'expérience aidant, que la vengeance est le motif que l'on rencontre le plus souvent lorsqu'on élucide un crime. Mais le Chef éprouve une sorte d'attirance pour ce hors-la-loi de Chilpéric. Je ne comprends pas!

– Peut-être parce que Chilpéric incarne le contraire de ce qu'il est?

– Je ne comprends pas davantage, mais rappelez-vous ce que je vais vous dire : dès que les choses seront un peu tassées, Chilpéric décampera un beau matin, sans tambour ni trompette et alors qui passera pour une sacrée bande de couillons! la brigade de Révezat!

– On ne saurait, tout de même, l'arrêter sans preuve!

– Et comment! Des types de cet acabit, sans feu ni lieu, je les arrête d'abord, je cherche les preuves ensuite! Et pendant ce temps, le Chef qui ne réalise pas la menace pesant sur nos têtes, roupille, les doigts de pied en éventail.

⁂

Ainsi qu'il en avait l'habitude, Masson se trompait. Bollène ne dormait pas. Etendu sur le dos dans le lit conjugal, les bras pliés derrière la tête, il contait ses soucis à Colette dont le corps irradiait une sorte de chaleur à peine sensible qui, cependant, apaisait son mari, s'y pelotonnant avec délices. C'est tout juste si, en dépit de ses préoccupations, il ne ronronnait pas.

– Vois-tu, Colette, je n'avance pas dans cette foutue enquête, alors que le juge d'instruction me harcèle et réclame des résultats! Des résultats! Si j'en avais, se figure-t-il que je les garderais pour moi?

– Calme-toi, mon chéri...

– Le terrible, dans tout ça, c'est que je sens, que je sais qu'on me ment. Mais, qui? A moins qu'ils connaissent tous la vérité et qu'ils se cantonnent dans une sorte de pacte du silence.

– Pourquoi agiraient-ils de la sorte?

– Pour sauvegarder l'honneur des Rabatelière!

– Cependant, ils aimaient leur grand-mère?

– Peut-être, mais sûrement moins que l'honneur de la famille. Tu te rends compte? Un Rabatelière en Cour d'Assises et subissant pendant vingt ans l'horrible promiscuité des quartiers de détention criminelle? De plus, je ne suis pas certain que les domestiques ne fassent pas aussi partie de la conspiration!

– Eux? mais pour quelles raisons?

– Parce que trente ans de servitude volontaire en ont fait des membres de la famille!

– Tu devrais essayer de dormir, à présent...

– Plus facile à conseiller qu'à faire... Si seulement, je trouvais un petit bout de vérité pour pouvoir foncer!

– Recommence à les harceler, il y en a bien un qui finira par craquer! Cherche le plus faible...

– La peur les rend tous forts!

– Pas le petit garçon dont tu m'as parlé?

– Qu'est-ce que tu veux que je...

Léon suspend son discours pour s'écrier, après un court silence :

– Nom d'un chien! Fabien... Il serait temps que j'éclaircisse cette histoire de poissons rouges. Ça ne me mènera sans doute nulle part, mais on ne sait jamais. En tout cas, si j'obtenais quelque chose du gosse, c'est à toi que je le devrais, ma chérie.

Cette constatation est le prétexte à des enlacements, à des baisers coquins, à des caresses tendres que Colette accompagne, en sourdine, d'un harmonieux roucoulement.

⁂

Sous prétexte que la conversation qu'il se promet d'avoir avec Fabien ne peut présenter un intérêt légal et donc que la présence d'un second gendarme s'avère inutile, Léon a laissé Cambourière au bureau.

La chance de Bollène veut qu'il rencontre Fabien jouant, seul, dans le parc qu'il lui demande de visiter. Très fier d'être ainsi sollicité, le bambin prend la main de Bollène et l'entraîne sur les allées et sentiers où il a acoutumé de jouer. Le Chef attend que le gosse l'ait amené près de la pièce d'eau où Michèle se réfugie pour demander :

– Il y a des poissons rouges, là-dedans?

– Non.

– Dommage, j'aime bien les poissons rouges, et toi?

– Moi aussi.

– Tu ne sais pas où nous pourrions en trouver?

– Non... si... mais je veux plus parler de poissons rouges.

– Pourquoi?

– On me l'a défendu.

– Qui?

– Mireille... Elle dit que je mens.

– Toi? Ce n'est pas possible!

– Pourtant, c'est elle qui a raconté qu'il y avait des poissons rouges dans la citerne d'Alphonse.

– Alors, tu as voulu les regarder?

– Oui.

– Seulement, tu es tombé dans l'eau.

– Parce qu'on m'a poussé!

– Ce n'est pas vrai?

– Si! si! je le jure! J'ai senti une main qui se posait sur mon dos et presque tout de suite, je suis tombé.

– Comment se fait-il que tu n'aies pas vu qui te poussait?

– J'avais de l'eau plein les yeux et plein la bouche!

A travers cette exclamation indignée, Léon comprend que le petit exprime la vérité et cela ne fait que compliquer sa tâche. Quel rapport en effet, peut-il y avoir entre le meurtre de la vieille comtesse et la tentative de meurtre ébauchée sur l'enfant? Mais peut-être était-ce une erreur de vouloir associer ces deux gestes criminels? Existait-il deux assassins en puissance poursuivant des buts différents et dont l'un avait réussi dans son œuvre de mort? Si le Chef comprenait bien que Mme de la Rabatelière gênait en s'obstinant à vivre, il ne distinguait pas en quoi Fabien pouvait porter ombrage à quelqu'un? Pour si absurde que ce raisonnement lui parut, Bollène sentait que Fabien détenait, sûrement, la clef ou une des clefs du problème le préoccupant.

A Clotaire qui avait oublié ses obsessions éloquentes et qui se chauffait au soleil, Léon déclara qu'il souhaitait réunir au plus tôt les hôtes du château. Le comte répliqua que la chose se révélait impossible pour la bonne raison qu'Horace était reparti le matin même pour son collège de Saint-Fortunat et que Chilpéric s'apprêtait à quitter, à son tour, la Rabatelière. Bollène assura :

– Celui-là, je m'en charge! mais qu'est-ce qui a pris à votre cousin de transgresser mes ordres?

– Comment pourrais-je vous répondre? Tenez, voilà Michèle... Peut-être en sait-elle plus?

Un livre à la main, la jeune fille traversait l'allée principale se dirigeant vers son refuge habituel. En quelques enjambées, Léon la rattrape.

– Mademoiselle, j'apprends que, contrairement à mes recommandations expresses, M. Horace de la Rabatelière a abandonné le château?

– Il a rejoint son collège.

– Mais pourquoi cet acte d'indiscipline qui peut être malencontreusement interprété?

– Nous nous sommes disputés.

– Ah?

– A cause de Chilpéric. Je disais que je trouvais scandaleux que celui qui est notre cousin comme nous le sommes tous les uns par rapport aux autres, ne reçoive rien de l'héritage de notre grand-mère. Ni Clotaire, ni Horace et encore moins Mireille ne m'ont approuvée. La situation était déjà tendue lorsque Chilpéric s'est joint à nous pour nous annoncer que notre part serait plus grosse que nous le prévoyions car, non seulement il n'avait pas l'intention de réclamer quoi que ce soit pour lui, mais encore que les sommes que nous toucherions seraient augmentées chacune de la moitié de celle échue à l'assassin, à condition, bien entendu, qu'il soit un des héritiers ainsi que vous le prétendez vous-même, Chef.

– Exact et alors?

– Horace a piqué une véritable crise, criant qu'il en avait assez d'obéir aux uns et aux autres, qu'il était un homme libre et qu'il le prouverait en regagnant, dès le lendemain, – c'est-à-dire aujourd'hui – son collège.

Bollène médite un instant, puis :

– A votre avis, il a peur?

Michèle sourit :

– Non, je pense qu'il est jaloux.

– Jaloux?

– Il est furieux que j'aie pris la défense de ce pauvre Chilpéric qu'il trouvait normal – avec Clotaire – de spolier.

– Il n'a pas à mélanger ses histoires personnelles avec la justice. Je vais le faire revenir dare-dare et lorsqu'il sera là, je lui parlerai du pays! Bon Dieu de bon Dieu! il faudrait tout de même que vous vous décidiez tous à comprendre qu'un meurtre n'est pas une plaisanterie!

– C'est peut-être qu'au fond, nous ne parvenons pas à croire à la réalité du crime.

– La comtesse, non plus, n'y croyait sans doute pas. Puis-je téléphoner?

– Je vous en prie. Vous savez où est l'appareil.

– Merci.

Dans le hall, Bollène se heurte à Clotaire.

– Un nouvel entretien, Chef?

– Pas encore... Je viens juste téléphoner à mon bureau pour donner les ordres nécessaires au retour immédiat de votre cousin Horace.

– Vous l'estimez coupable de la mort de...

– Monsieur de la Rabatelière, je l'estime coupable d'avoir désobéi à mes ordres et je n'aime pas ça du tout!

– Parce qu'il est parti? Mais, Chilpéric aussi s'en va?

– Non, Monsieur, il ne s'en va pas, sinon je le colle au trou! Demain, réunion générale, ici, à quatorze heures.

⁂

Chilpéric entasse ses affaires dans une valise lorsque Bollène entre :

– Comme ça, vous avez l'intention de filer?

– Ah! c'est vous, Chef! Quel honneur de vous recevoir dans ma très humble retraite!

– Répondez à ma question?

– Comme vous le voyez, je boucle mon bagage.

– Non!

– Pardon?

– Je dis non! J'ai ordonné que personne ne sorte

du château avant que j'en aie accordé l'autorisation et j'entends être obéi!

– Je me figurais que cet ordre ne me concernait pas.

– Et pourquoi, s'il vous plaît?

– J'étais persuadé que, vous-même, étiez convaincu de mon innocence?

– Je ne suis et ne veux être convaincu de rien tant que je n'aurai pas démasqué l'assassin! dès lors, tout le monde doit demeurer à ma disposition!

– Bon... eh bien, n'étant pas particulièrement pressé, je défais ma valise et attendrai, pour partir, que vous ayez mis la main au collet du coupable.

– Où comptez-vous aller en quittant le château?

– Je ne sais pas encore. Rien ne me retient en France où je n'ai que de mauvais souvenirs. Alors, l'Afrique, l'Amérique du Sud, le Canada, bref un endroit où je pourrai tout recommencer.

– Seul?

– Je pense que je ne suis sans doute pas fait pour vivre à deux.

– Je vous plains... A propos, j'ai interrogé Fabien... Il soutient mordicus que c'est Mireille qui lui a conseillé de voir les poissons rouges et il affirme qu'on l'a poussé dans l'eau. L'enfant est sincère et je suis sûr qu'il dit la vérité.

– Et cela vous mène où?

– Si je le savais...

– J'imagine que c'est peut-être une erreur de lier la tentative de meurtre sur Fabien et le meurtre de la comtesse.

– Ah! non... Vous ne voudriez quand même pas que dans vos trois cousins, il y en ait deux disposés à tuer leur prochain?

*
**

Horace entre d'un pied ferme dans la cour du collège Saint-Fortunat. Il ne se soucie absolument pas de sa désobéissance aux injonctions du chef Bollène. Pour dire vrai, il les a oubliées, l'esprit trop occupé par sa querelle avec Michèle, la première depuis que tous deux sont sortis de l'adolescence. Enfin, pourquoi se préoccupe-t-elle tellement du sort de cet aimable bon à rien de Chilpéric? Maintenant qu'il a recouvré son sang-froid, Horace convient qu'il ne s'est pas bien conduit en n'approuvant pas Michèle de vouloir réserver une partie de l'héritage de la comtesse à celui qui en est injustement privé. Si ce n'avait pas été la jeune fille qui ait pris cette décision, il l'aurait hautement approuvée, mais il était amoureux et chacun sait que la passion trouble le jugement.

Alors qu'Horace s'apprête à pénétrer dans sa chambre, l'abbé Callard, préfet des études, le rejoint :

– Ah! Monsieur de la Rabatelière!

– Bonjour, mon Père.

– Bonjour, bonjour... Nous ne vous attendions pas si tôt, après le drame affreux que... bref, je vous adresse toutes mes condoléances et vous prie d'aller voir, au plus tôt, le Père Supérieur qui vous attend avec une impatience quasi fébrile.

– Pourquoi donc?

– Il vous l'apprendra lui-même, mais hâtez-vous, je vous prie!

– Vous ne me laissez pas le temps de me changer?

– Inutile!

– Bon, dans ce cas, j'y vais.

Le Préfet des Etudes abandonne Horace à l'orée du couloir où s'ouvre le bureau du Père Supérieur et disparaît, laissant son compagnon fort intrigué.

– Votre retour, cher Horace, m'est une véritable surprise.

– Heureuse, je l'espère?

– Je ne sais pas.

– Pardon?

– Je dis que je ne sais pas parce que je suis déconcerté par les événements... D'abord par la mort horrible de votre grand-mère... qui m'a beaucoup peiné. Ensuite, parce que je pensais que vous profiteriez de cette absence forcée pour demeurer le plus longtemps possible auprès de cette Biquette dont vous me détailliez les charmes avec un enthousiasme qui faisait passer sur l'impudeur des termes dont vous usiez.

– Biquette et moi sommes fâchés, c'est pourquoi j'ai préféré partir.

Le Père Supérieur regarde longuement son hôte par-dessus ses lunettes avant de s'enquérir d'une voix neutre :

– Est-ce réellement là, la vraie raison de votre... fuite?

– Fuite! J'ai regagné le collège où je professe. Quoi de plus naturel?

– Vous auriez raison si vous n'étiez pas compromis dans une abominable histoire de meurtre.

– Compromis?

– Ignoreriez-vous que vous figurez sur la liste des suspects?

– Moi? mais c'est stupide! D'abord, sur quoi vous appuyez-vous pour énoncer une pareille énormité?

– Sur les explications du chef de la brigade de Révezat qui m'a téléphoné. Je veux espérer que, pour une fois, le receveur des postes n'aura pas écouté notre conversation!

Furieux, Horace s'exclame :

– C'est un peu fort! Non mais, de quel droit...! Il va avoir de mes nouvelles!

– C'est ce qu'il souhaite, justement. J'ai le regret de vous apprendre, monsieur, que pour la réputation du collège, il serait préférable que vous prissiez quelques jours de vacances.

– Des... des...

– Vous comprenez, les familles risqueraient de manquer d'humour et de ne pas apprécier que la classe soit faite à leurs enfants par un jeune homme charmant, bien élevé, mais soupçonné d'un crime odieux.

L'amoureux de Michèle ne sait plus du tout où il en est. Se rendant compte de son désarroi, le Supérieur change de style.

– Notez, mon cher Horace, que tous ceux qui vous connaissent, et moi tout le premier, vous savent incapable de vous mal conduire.

– C'est encore heureux!

– Mais nous ne pouvons rester sourds au bruit du monde.

Le ton de M. de la Rabatelière est fort sec lorsqu'il réplique :

– Ce qui signifie?

– Que si... (le Père consulte la pendule Empire ornant son bureau) dans un quart d'heure maintenant, je n'ai pas averti les gendarmes de Tournon que vous êtes sur le chemin du retour, ils viendront vous chercher et pensez, je vous prie, à l'effet que cela produirait.

– J'ai compris... je pars... je serai au château ce soir... pour affronter la justice... mais... mais je ne comprends pas comment et pourquoi on peut me croire suspect de...

Le Père Supérieur lève un doigt bénisseur.

– Calmez-vous, mon fils et souvenez-vous de ce que disait le poète : « *Felix qui potuit rerum cognoscere causas* ». A bientôt, Horace, je ne vous retiens plus.

CHAPITRE V

Le Chef dormait, de ce beau sommeil que ne peuvent connaître que les âmes claires et les cœurs purs. Auprès de lui, Colette, le nez dans son oreiller, avait du mal à respirer et ne trahissait cette gêne que par un léger ronflement dont le rythme égal disait assez que la sage épouse de Léon n'était la proie d'aucun cauchemar. De temps à autre, un sourire fleurissait sur les lèvres de Bollène, rêvant qu'étant revenu aux habitudes anciennes de la maréchaussée, il allait fièrement à cheval, traînant derrière lui – enchaîné – l'assassin de la comtesse. Le misérable portait une cagoule noire empêchant de voir ses traits et, quand M. Le Juge d'Instruction l'enlevait, il n'y avait rien dessous. L'assassin n'avait pas de tête. Le magistrat, pris d'épouvante, éclatait en gémissements sourds. A cet instant, le Chef se réveilla, horrifié et mit un certain temps à comprendre que les plaintes ne provenaient pas de sa chambre, mais de l'étage au-dessus où logeaient Masson et sa femme. Léon consulta le réveil sur sa table de nuit. Quatre heures du matin! Maintenant, il entendait distinctement sa voisine du dessus gémir et se perdre en plaintes incompréhensibles, entre deux sanglots.

– Il faut que j'aille voir ce qu'il se passe!

Aussitôt, il enfile ses culottes, ses babouches, met sa robe de chambre tandis que Colette, s'arrachant péniblement au sommeil, balbutie :

– Qu'est... qu'est-ce qui... qui t'arrive, chéri? Tu es malade?

En réponse, l'interpellé montre le plafond, du doigt, en demandant :

– Tu n'entends pas?

Colette, surprise, tend l'oreille et témoigne de son désarroi par un « Mon Dieu!, Jésus! » qui touche son époux, lequel croit de son devoir de l'embrasser pour la rassurer. Puis, se dégageant, il décrète d'un air viril :

– Je vais mettre de l'ordre chez Masson!

Il sort d'un pas ferme sans prendre conscience que sa tenue n'impose pas le respect. Devant la porte de son subordonné, Bollène trouve Cambourière en pyjama et Rosnay, en bras de chemise qui déclare :

– On n'a pas osé frapper...

Cambourière ajoute :

– Il n'y a pas longtemps que Masson est rentré... Il avait de la peine à monter les escaliers.

Son collègue s'étonne :

– Il serait saoul? Ça m'étonnerait! Il ne boit jamais.

– Suffit d'une fois, non? Et puis, ça expliquerait les gémissements de son épouse.

La voix de Léon retentit comme un coup de tonnerre dans un ciel menaçant.

– Ecartez-vous!

Ils obéissent et le Chef s'en va cogner brutalement à la porte des Masson, en ordonnant :

– Clotilde, ouvrez!

Le silence règne subitement chez les Masson. On entend s'approcher quelqu'un puis, une voix mouillée de larmes s'enquiert :

– Qu'est-ce que c'est?

Le Chef s'énerve :

– Clotilde! ouvrez et vite!

Clotilde ouvre. Personne n'aurait jamais pensé à parler de la beauté de Mme Masson. La nature s'était montrée assez cruelle envers elle. Un visage gris, des cheveux ternes, des petits yeux sans éclat, une peau sèche. Le chagrin, boursouflant son visage sans grâce, rougissant ses paupières, lui donnait un aspect pathétique. Léon crie :

– A quoi rime tout ce raffût? Où est Masson?

– Il est en train de mourir!

D'un élan, ils se jettent tous les trois dans la chambre à coucher où ils voient Masson, en uniforme, allongé sur le lit, du sang coulant du gros pansement lui masquant le front et le cuir chevelu. Le Chef, stupéfait, s'adresse à Clotilde :

– Mais, enfin, que lui est-il arrivé?

– Je ne sais pas. Il vient de rentrer dans cet état.

– Il est saoul?

– Oh! Chef! comment pouvez-vous dire une chose pareille! On a simplement essayé de me le tuer...

– Au lieu de dire des stupidités, avez-vous pensé à appeler le médecin?

– Il n'a pas voulu venir.

– Je me fous de ce qu'il veut et de ce qu'il ne veut

pas! Rosnay, filez chercher Baïse et ramenez-le de gré ou de force. Je vais m'habiller puis je gagnerai mon bureau.

Rosnay était un homme qui parlait peu et, plus tard, quand on faisait allusion à sa visite au docteur Baïse, il se contentait de dire « Cré Dieu! ça a été coton... » Il est vrai que cela avait été coton, si coton qu'on avait frisé le pugilat. Le docteur Baïse était connu non seulement pour son dévouement, mais encore parce que de l'avis unanime de ses clients et amis, il possédait le plus mauvais caractère du canton. Insomniaque, il ne goûtait vraiment le repos qu'au petit matin et ne supportait pas qu'alors, on l'arrachât à un sommeil si péniblement trouvé. Aussi avait-il envoyé promener Rosnay qui lui avait mené la vie dure pour le sortir de son lit. Cela ne se fit pas sans injures et menaces.

Lorsque le médecin, ayant examiné Masson, entre dans le bureau de Bollène, sa colère n'est pas calmée.

– Alors, ça vous amuse, Chef, de venir me chercher à l'aube par une espèce d'humanoïde pour soigner un abruti de gendarme qui a trouvé intelligent de se faire assommer!

– Assommer?

– Comment appelez-vous le fait de recevoir un coup violent d'un instrument contondant sur le crâne?

– D'accord... grave?

– Non. Votre homme a le crâne épais. De l'aspirine, une journée au lit et ce sera fini.

– Je peux lui parler?

– Ce n'est peut-être pas très indiqué, mais du

moment qu'il n'a pas de fracture du crâne, allez-y! Et maintenant, vous me permettrez de rentrer chez moi?

– Je vous en prie!

– Vous êtes trop bon!

Le docteur, grommelant des injures inaudibles, menaçant on ne sait qui d'on ne sait quoi, sort en traînant les pieds à la façon d'un homme épuisé. Aussitôt, Léon monte l'escalier conduisant au premier étage. Clotilde a une grimace en le voyant et tente, timidement, de l'empêcher d'entrer.

– Il dort et...

– Aucune importance! Je veux savoir ce qui lui est arrivé! Je n'admets pas qu'on touche à mes gendarmes!

Vaincue, elle s'efface. Bollène l'attrape par le bras avant qu'elle n'ouvre la porte de la chambre où repose son mari.

– Clotilde... ça lui arrive souvent à Masson, de sortir la nuit?

– Assez, oui.

– En moyenne?

– Deux ou trois fois par semaine.

– Curieux, non? Où va-t-il?

– Je... je ne sais pas...

– Clotilde... votre époux aurait-il une... une habitude? Il est au mauvais âge?...

Madame Masson rougit jusqu'aux oreilles.

– Oh! Qu'allez-vous penser, Chef! Il n'y a pas plus fidèle que mon Masson! Il m'aime comme aux premiers jours de notre mariage.

Léon, ému par l'expression de cette foi, se dit que tous les goûts sont dans la nature.

– Clotilde, quand il s'absente et vous laisse seule – alors qu'il n'est pas de service – que fabrique-t-il donc?

Elle baisse la voix pour répondre :

– C'est à cause d'Honoré. Il s'entête à vouloir le prendre en flagrant délit de braconnage et l'expédier en prison. Il ne pense plus qu'à ça... J'ai beau essayer de le raisonner, c'est comme si je chantais...

– Quel idiot! Je vous demande pardon, Clotilde... mais une pareille obstination dans le seul but d'envoyer en prison un pauvre bougre... à moins que ce ne soit Honoré qui l'ait frappé? Dans ce cas, j'irai moi-même lui mettre la main au collet!

Bollène pénètre dans la chambre comme s'il se ruait dans une casemate ennemie. Masson sursaute et ouvre les paupières.

– Chef...

– Masson, je ne sais pas si je dois vous engueuler ou vous plaindre... Qui vous permet de prendre sous votre képi des décisions qui appartiennent à vos supérieurs? De quel droit assumez-vous, sans en référer à personne, cette poursuite ridicule d'un braconnier de quatre sous? Vous ne savez donc pas ce qu'est la misère?

– Il n'a qu'à travailler!

– Le plus drôle, c'est qu'il doit dire la même chose de vous! Mais là n'est pas la question. Je vous blâme pour avoir agi sans ordre, cependant, je ne tolère pas qu'on attaque brutalement mes collaborateurs même quand, au mépris des engagements qu'ils ont pris, ils poursuivent des querelles personnelles. C'est Honoré qui a essayé de vous fendre le crâne?

– Je ne sais pas.
– Voilà la meilleure!... Expliquez-moi votre aventure nocturne.
Léon s'assied au chevet du blessé, sur la chaise que lui tend Clotilde.
– Je vous écoute, Masson.
– Je me doutais de l'endroit où Honoré exécutait son sale travail et je m'y suis planqué à partir d'une heure du matin...
Clotilde soupire :
– Tu es fou, mon pauvre homme!
Bollène s'écrie, rageur :
– Ah! non, pas vous! Continuez, Masson.
– Sur les trois heures – bien que j'eusse emporté une thermos de café et des sandwiches – je commençais à désespérer quand, tout à coup, j'attrape le bruit soulevé par quelqu'un qui marche sans se gêner. Je me dis qu'Honoré a un sacré culot et que si je découvre un lapin dans son carnier, je le tiendrai pour de bon. Mais, à mon grand étonnement, ce n'est pas un individu qui apparaît, mais deux! Honoré et Chilpéric!
– Alors?
– Alors, je les ai suivis... Je suis aussi fort qu'eux pour jouer les Indiens. Ils n'avaient pas l'air de vouloir braconner. Ils causaient comme de vieux amis.
– De quoi parlaient-ils?
– Ma foi... Il m'a semblé que Chilpéric donnait des conseils à son compagnon.
– Sur quoi, ces conseils?
– Je n'ai pas très bien compris... Il lui faisait la morale, comme qui dirait.

– Et il a illustré ces excellents propos en vous assommant?

– Non, Chef... Laissez-moi aller jusqu'au bout... Je les ai filés jusqu'au château. Là, ils se sont séparés... Pas à la grille, mais face à une brèche qui est dans le mur là où il y a ce bouquet de hêtres rouges... A peine Honoré était-il parti que Chilpéric s'est glissé par l'ouverture au-delà de laquelle quelqu'un guettait son arrivée. Lui, il ne prévoyait pas cette rencontre car il a dit : « Par exemple! si je m'attendais... A une heure pareille? » – On a répondu : « L'heure n'a plus d'importance, maintenant... » – « Il faut dormir... » – « Je ne dors plus... le remords, sans doute... Je dois voir les gendarmes et me dénoncer, n'est-ce pas? » – « Non... qu'ils fassent leur métier... Nous n'avons pas à leur faciliter la besogne! »

Léon grogne :

– Celui-là, je me propose de lui apprendre comment je m'appelle! Vous avez reconnu la personne qui parlait à Chilpéric?

– Non... Ils se tenaient dans une ombre épaisse.

– Mais la voix? Celle d'un homme ou celle d'une femme?

– Il me semble que c'était plutôt celle d'une femme, cependant je n'en jurerais pas. Ils chuchotaient, vous comprenez?

– Et vous n'avez pas cherché à en savoir plus?

– Si, malheureusement pour moi... Quand je les ai entendus qui s'éloignaient, je me suis dit que mon devoir m'obligeait à les suivre et je suis passé par la brèche.

– Après?

– Après? rien, car je n'avais pas fait cinq pas dans

le parc de la Rabatelière qu'on m'a assommé par-derrière et que je suis tombé le nez dans les fougères et les ronces.

– Qui a pu, qui a osé vous frapper?

– Je l'ignore... Je ne peux même pas affirmer qu'on m'ait cogné... c'est peut-être une grosse branche qui s'est détachée d'un hêtre?

– Ouais... Je n'aime pas ce genre de coïncidence. Où avez-vous repris conscience?

– Devant la porte d'Honoré... On m'avait transporté là.

– Je devine qui c'est... et Honoré a eu l'occasion de mettre en pratique les leçons de morale reçues de Chilpéric?

– Il m'a fait boire un petit verre d'eau-de-vie pour me remonter et puis il m'a soutenu jusqu'à la gendarmerie.

Masson laisse passer quelques secondes avant d'ajouter d'une voix attendrie :

– Un brave type, au fond, cet Honroré.

***

Colette, assise sur le bord de son lit, s'étire pour écarter les ultimes brumes d'un sommeil tenace, lorsqu'ouvrant la porte avec fracas, Léon entre en coup de vent et se jette sur sa femme comme un tigre sur une gazelle ne l'ayant pas vu approcher. Madame Bollène n'a pas la force de crier, ni le temps de se défendre, emportée par un mascaret amoureux qui la bouleverse et la ravit à la fois. Quand, enfin, son mari l'abandonne, pantelante, elle a l'impression d'être passée sous un camion. Lorsqu'elle a retrouvé son souffle, elle roucoule :

– Léon... tu es fou... à cinq heures du matin!

Le Chef, tandis que son épouse retrouve ses esprits, s'est débarrassé de son uniforme enfilé à la hâte et se glisse dans le lit.

– Ma chérie... Nous sommes au début d'une journée qui, sans doute, verra le triomphe de celui qui t'aime plus que sa vie. Je vais arrêter le meurtrier de la comtesse Yolande. Cependant, j'ai besoin de me reposer avant d'entamer cette marche triomphale, aussi ai-je donné l'ordre de ne pas me déranger avant dix heures. Sur ce, je dors, bonsoir, mon adorée...

Colette aurait voulu que son compagnon suspendît quelques instants encore le moment de s'engloutir dans un sommeil réparateur, pour pouvoir lui poser les questions qui lui brûlaient les lèvres quant à l'identité du coupable, mais déjà dans l'atmosphère de cette chambre redevenue quiète, montait – triomphant – le ronflement d'un homme qui, même en dormant, était sûr de lui.

⁂

Ainsi qu'il l'avait annoncé, à dix heures juste, Bollène – frais et dispos – fait son entrée dans son bureau. A peine a-t-il pris place dans son fauteuil que le gendarme Cambourière se présente.

– Chef, suivant vos instructions, j'ai attendu l'heure légale avant de filer chercher Chilpéric qui m'a suivi sans élever la moindre protestation.

– Amenez-le et laissez-nous.

Avant de sortir, Cambourière tient à avertir son supérieur :

– Horace de la Rabatelière est rentré au château, hier soir.

– Il a bien fait!

Le gendarme s'absente un instant puis revient en compagnie de Chilpéric auquel il ordonne de s'asseoir sur la chaise en face du bureau et quitte les lieux.

– Chilpéric, vous savez pourquoi vous êtes ici?

– Ma foi, non.

– Pour y être inculpé de complicité de meurtre.

– Vous ne pensez pas que vous envoyez le bouchon un peu loin?

– Vraiment? Alors, à votre avis, de quoi devrait-on accuser celui qui, connaissant un criminel recherché par la police, non seulement ne le dénonce pas, mais encore lui conseille de ne pas se dénoncer?

– Masson, hein?

– Qu'importe?

– C'est vrai. Je ne croyais pas qu'il nous avait entendus... et dans ces conditions, je ne devine pas pour quelles raisons vous avez besoin de mon témoignage pour confirmer les dires d'un gendarme assermenté?

– Ne jouez pas les imbéciles, Chilpéric! Vous savez très bien qu'un de vos complices a assommé Masson avant qu'il ait pu reconnaître la personne qui s'entretenait avec vous!

– Non, je l'ignorais, mais je suis heureux de l'apprendre.

– Ne continuez pas ou je me fâche pour de bon : Naturellement, l'idée de transporter Masson devant la porte de son ennemi intime, est de vous?

– J'ai souhaité leur offrir l'occasion de se réconcilier.

– Bon. Admettons. Maintenant, on ne plaisante

plus. Qui vous attendait de l'autre côté du mur du château? qui a frappé Masson?

– Qui a frappé Masson? Je ne sais pas. Quant à la personne avec qui je conversais, je ne vous dirai pas son nom.

– Parce que?

– Parce que je n'aime pas la délation.

– Il s'agit d'un assassin!

– Rassurez-vous, je n'approuve pas son geste.

– C'est encore heureux!

– Mais je détestais suffisamment cet abominable monstre d'égoïsme qu'était ma grand-mère naturelle pour ne pas trahir celui qui en a purgé le monde.

– Etrange mentalité, il me semble, non?

– Celle d'un homme libre.

– Que je devrais enfermer pour entrave à la marche de la Justice...

– Pourquoi ne le faites-vous pas?

– Pourquoi? – Léon a un petit sourire satisfait –. Simplement parce que je connais l'auteur du crime.

– Cela m'étonnerait...

– Pour que vous ne continuiez pas à me mettre des bâtons dans les roues, je vais vous retenir. Je vous libérerai ce soir, lorsque vous céderez votre place à l'assassin.

⁂

Après avoir embrassé sa femme, une fois de plus, en lui annonçant qu'il allait vivre les heures les plus exaltantes et les plus déprimantes de sa carrière (un gendarme ne saurait réprimer un mouvement de fierté lorsqu'il arrête un meurtrier et, du même moment, ne pas éprouver une sorte d'angoisse à l'idée qu'il allait retrancher du monde pendant une vingtaine d'années un être encore jeune) Bollène appelle Cambourière. Tous deux grimpent dans l'auto. Le gendarme prend le volant car il lui paraît que son supérieur est trop préoccupé pour conduire correctement.

– Direction, Chef?

– La Rabatelière.

– Mission?

– Arrestation de l'assassin.

⁂

Les représentants de la loi furent accueillis par Agathe qui avait les yeux rouges. Léon, toujours facilement ému, l'interroge :

– Quelque chose qui ne va pas, madame Agathe?

La vieille femme hausse les épaules.

– Je viens de mettre la chambre de Mme la Comtesse en ordre. A présent, c'est comme si elle n'y avait jamais vécu... C'est le passé qui nous glisse entre les doigts. De penser à ces choses, ça m'a bouleversée... Que voulez-vous, je ne suis qu'une vieille bête...

– Mais non, madame Agathe, vous êtes une femme de cœur, tout simplement. Voulez-vous prévenir le comte que nous désirons lui parler... en particulier.

La servante conduit les gendarmes dans le bureau où Clotaire annote des papiers destinés à sa future et imaginaire plaidoirie. Agathe annonce :

– Ces messieurs de la gendarmerie souhaiteraient vous parler.

M. de Rabatelière sourit :

– Asseyez-vous, messieurs... Je ne prétendrai pas que votre visite me cause un plaisir intense, car vous me dérangez en plein travail : un magnifique plaidoyer pour Vercingétorix, destiné à César. Mais je suis au service de la Justice, si elle a besoin de moi.

– Elle en a besoin, monsieur le Comte.

– Ah?

– Pour éviter le scandale de l'arrestation du meurtrier de votre grand-mère.

– Parce qu'il est...

– Ici, oui, monsieur le Comte.

– Mon Dieu! Quel déshonneur sur les Rabatelière! Qui est-ce?

– Avant de vous révéler son nom, je tiens à vous expliquer comment il s'est imposé à moi.

– Je vous écoute.

Pour Cambourière, plus encore que pour son interlocuteur, Bollène tient – et c'est bien humain – à faire étalage de son habileté.

– Voyez-vous, il y a un événement qui m'a toujours intrigué : la chute du petit Fabien dans la citerne où il se serait noyé sans l'intervention d'Alphonse.

– Vous exagérez, Chef, ce ne fut qu'un accident.

– Je l'ai cru, d'abord, moi aussi, tellement il me paraissait invraisemblable qu'on put s'en prendre à ce garçonnet. J'ai même refusé de partager la conviction de Chilpéric qui, lui, était persuadé que

Fabien avait été victime d'une tentative de meurtre.

– Sottise! Chilpéric est prêt à inventer n'importe quoi pour se rendre intéressant.

– Non, monsieur le Comte, Chilpéric avait vu juste et la preuve en est qu'il est revenu à la thèse de l'accident.

– Alors, là, je ne comprends plus!

– Quoi que vous en pensiez ou en ayez pu penser, Chilpéric tient, autant que vous, à éviter que le nom des Rabatelière soit éclaboussé par le scandale et il a fait sienne la théorie de l'accident quand il a su qui avait tué la comtesse.

– Vous insinuez donc que le meurtrier est une personne du château.

– Je ne l'insinue pas, je l'affirme.

– Mais qui s'en serait pris à mon fils et pourquoi?

– C'est aussi la question que je me suis posée... J'ai interrogé le petit qui n'a pas varié dans ses déclarations et il exprimait la vérité : on l'avait poussé dans la citerne.

– C'est absurde! Quel intérêt, pour qui que ce soit, de tuer un enfant, presqu'encore un bébé?

– On n'a probablement pas voulu aller jusque-là. Ce qui appuie ma conviction, c'est la présence trop providentielle d'Alphonse.

– Le soupçonneriez-vous?

– Grands dieux, non! mais le criminel n'ignorait pas la présence du jardinier qui – il n'en doutait pas – se porterait au secours de Fabien dès son premier cri.

– Dans ce cas, à quoi rimait cette sinistre plaisanterie?

– Je me le suis longuement demandé pour arriver à cette conclusion : il était grotesque d'admettre qu'on en voulut particulièrement à ce pauvre gosse. Donc, il s'agissait d'un simulacre d'attentat destiné à impressionner quelqu'un.

– Qui?

– Celui qui tenait le plus à Fabien.

– Moi?

– Exactement.

– Voyons, Chef, dans quel but?

– Vous ne pensez à personne qui voudrait, en se livrant à une sorte de chantage, vous conduire à accepter ce que, jusqu'ici, vous avez refusé?

– Franchement, je... – Le comte s'arrête brusquement et fixant Bollène – vous ne songeriez pas à... à Mlle Tilleux?

– Si!

– Oh! c'est... c'est monstrueux!

– Réfléchissez un peu. Ce n'est un secret pour personne que Mlle Tilleux n'accepte de vivre à la Rabatelière que parce qu'elle désire devenir votre femme.

– Sans doute, mais d'ici à...

– Parmi les arguments employés pour vous convaincre, n'a-t-elle pas dit que Fabien ne pouvait demeurer livré à lui-même, qu'il avait de plus en plus besoin d'une maman qui veillerait sur lui?

– Sans doute.

– Alors, ne peut-on supposer que pour confirmer la justesse de ses dires, elle a organisé le pseudo-attentat?

– Je n'arrive pas à le croire!

– Elle souffle à Fabien qu'il y a des poissons

rouges dans la citerne et s'arrange pour qu'Alphonse soit dans les parages quand le petit se dirige vers la réserve d'eau. N'oubliez pas qu'elle ne désire que vous effrayer rétrospectivement.

– Je ne sais plus bien où j'en suis.

– Après l'accident, ne vous a-t-elle pas souligné que si elle avait la responsabilité officielle de l'enfant, il ne courrait plus cette sorte de danger?

– Si.

Cambourière, en dépit de la vague humiliation qu'il en éprouvait ne pouvait s'empêcher d'admirer la logique du raisonnement d'un gendarme qui n'était pas sorti des écoles et ne s'appuyait, pour progresser, que sur son expérience des hommes, des femmes avec, en plus, son bon sens. Dans le bureau, l'atmosphère devenait pénible du fait de l'attitude de Clotaire, tassé sur lui-même, le regard fixe. On le devinait prêt à pleurer. Le Chef reprit son exposé d'une voix moins ferme. Il avait pitié de celui à qui il devait porter de nouveaux coups alors qu'il ne semblait plus en état de le supporter.

– Monsieur le Comte, après l'aventure de Fabien – et bien que vous aimiez Mlle Tilleux – vous ne lui avez pas cédé. Pourquoi?

– Grand-mère ne voulait pas de ce mariage.

– Parce que...?

– Oh! toujours les mêmes stupides idées lui ayant tenu compagnie toute sa vie : la gloire intouchable des Rabatelière, la peur des mésalliances...

– Vous pouviez passer outre?

– Elle m'eût déshérité, tout l'argent lui appartient.

– Avez-vous dit à Mlle Tilleux que la comtesse était le seul empêchement à votre union?

– Bien sûr! Ne fut-ce que pour me justifier à ses yeux.

– Alors, monsieur le Comte, n'est-on pas en droit de penser que Mlle Tilleux a voulu éliminer cet obstacle s'opposant à tous ses rêves d'avenir?

En guise de réponse, M. de la Rabatelière éclate en sanglots. Les deux gendarmes s'interrogent du regard : faiblesse ou aveu? Le Chef tire sur le cordon d'une sonnette et Agathe se présente :

– Auriez-vous une goutte d'alcool pour votre patron?

– Qu'est-ce qu'il a?

– Il a reçu un choc.

La gouvernante ouvre un petit placard dissimulé dans la boiserie murale, remplit un verre qu'elle offre au comte. Ce dernier, ayant bu, semble retrouver un peu d'énergie. Léon en profite :

– Vous vous doutiez que c'était votre fiancée, la meurtrière?

– Non, mais je le craignais.

– La raison?

– J'ai fait les mêmes déductions que vous.

– Madame Agathe, veuillez aller chercher Mlle Tilleux, nous l'emmènerons discrètement.

– Elle n'est pas là.

– Où est-elle?

– Elle a emporté une collation en annonçant qu'elle avait l'intention de s'offrir une grande promenade pour se calmer les nerfs.

– Dans ces conditions, nous reviendrons cet après-midi. J'espère, monsieur le Comte, que vous serez assez sage pour ne pas m'obliger à lancer un avis de recherche contre Mlle Tilleux si vous tenez à ce que les choses se passent avec le minimum de bruit. A ce soir, monsieur de la Rabatelière.

Clotaire ne répond pas.

***

Sur le chemin du retour, Léon explique à son adjoint :

– Je me demande parfois, comment j'ai réussi dans ma carrière, en dépit de mon extrême sensibilité. Tenez, je suis à peu près certain que je vais à peine toucher au bon petit repas que m'a sûrement préparé Mme Bollène... tant je me sens l'estomac serré à l'idée que cette gracieuse jeune femme ignore qu'elle vit ses dernières heures de liberté en ce monde...

– C'est tout de même une criminelle, non?

– Je sais, je sais, mais ça n'empêche pas... Seigneur! Qu'est-ce qu'il lui a pris?

– A condition que ce soit bien l'auteur du crime...

Léon freine à mort et, se tourne vers son compagnon, la voiture une fois arrêtée.

– Par hasard, vous ne vous foutriez pas de moi, Cambourière?

– Chef, en vous écoutant, tout à l'heure, j'étais stupéfait par la logique de votre raisonnement qui aboutissait inéluctablement à la culpabilité de Mlle Tilleux.

– Alors?

– Alors, lorsque vous vous êtes tu, que le charme a cessé d'opérer, je me suis dit : et s'il se trompe, au départ, et bâtisse de merveilleuses et impeccables déductions sur des prémices fausses...

Bollène fronce le sourcil.

– C'est-à-dire?

– Par exemple, pourquoi Mlle Tilleux serait-elle aller raconter au gamin qu'il y avait des poissons rouges dans la citerne alors qu'elle n'avait pas l'intention de tuer le gosse et qu'elle savait bien que le petit la dénoncerait? Pour quelles raisons la demoiselle Tilleux se serait-elle confiée à Chilpéric qui n'a pas l'air de la tenir en grande estime? et quel homme, ici, aime assez cette jeune fille au point d'assommer Masson pour la défendre?

– Clotaire?

– Vous l'avez vu, tout à l'heure? C'est une chiffe molle.

– Alors?

– Alors, je crains que vous ne vous soyez trompé de cliente.

– Dans ce cas, qui me proposez-vous?

– Michèle de la Rabatelière, si nous acceptons l'hypothèse de Masson voulant que ce soit une femme qui ait attendu Chilpéric de l'autre côté de la brèche.

– Arguments?

– Au contraire de Mireille, Michèle n'a qu'une hâte : quitter le château pour toujours. Contre la défunte, les griefs de Michèle s'affirment beaucoup plus sérieux que ceux, hypothétiques, de la secrétaire. N'oubliez pas que la comtesse considérait sa petite fille comme une intruse, une bâtarde. Elle avait traité la mère de Michèle de la même façon. Enfin, il n'est que de voir la façon dont Mlle de la Rabatelière regarde Chilpéric pour comprendre qu'elle en est amoureuse.

– Vous avez peut-être raison, vous avez peut-être tort, Cambourière. Cet après-midi, nous essaierons de comprendre si vous avez vu juste ou non.

*
**

Au restaurant où il prenait ses repas de célibataire, Cambourière – tout en dégustant une saucisse aux herbes – s'interroge pour savoir s'il a, ou non, fait un pas de clerc en désignant une autre coupable que celle choisie par son supérieur. Et pourtant, cette petite danseuse rêvant d'être comtesse lui semble beaucoup moins dangereuse que Michèle languissant dans un château où elle demeurait prisonnière et où elle perdait inutilement ses plus belles années. Toutefois, ce qui turlupine le plus Cambourière, c'est l'histoire du gosse poussé dans la citerne. Evidemment, l'explication du Chef se révèle valable. Une sorte de chantage exercé par Mireille... mais n'est-ce pas là une manœuvre aussi cruelle que dangereuse? Qu'est-ce qui pouvait assurer à la danseuse que Clotaire, mis au courant, ne l'aurait pas chassé avec dégoût? mais Fabien aimait beaucoup sa cousine Michèle qui, apparemment, le lui rendait bien. De quel côté qu'il se tournât, le jeune gendarme se heurtait à un mur. A force d'envisager toutes les hypothèses, l'adjoint de Bollène en arrivait à se demander si l'accident du petit garçon n'était pas un leurre destiné à détourner l'esprit des policiers, du seul vrai problème : le crime?

⁂

Clotaire avait passé des heures épouvantables en attendant le retour de Mireille. D'abord parce qu'il tenait à la jeune femme, ensuite parce que la promesse du scandale devant suivre l'arrestation de sa jeune secrétaire lui donnait envie de fuir. Le comte, depuis toujours, avait obéi à la grand-mère. Il lui manquait l'habitude de faire front dans les moments difficiles. Il se disait avec amertume que, si la comtesse était encore là, elle aurait su tout arranger.

A chaque fois qu'elle rentrait de promenade, Mlle Tilleux avait accoutumé de se rendre dans le bureau pour saluer celui qui était à la fois son patron et son amoureux. Cette fois-là, elle agit comme d'habitude, mais à sa surprise, Clotaire, au lieu de lui sourire et de lui adresser quelques mots tendres, se lève, vient à elle, la fait asseoir dans un fauteuil avant d'en saisir les accoudoirs à pleines mains et de pencher un visage sévère vers celui de la jeune femme.

– Et maintenant, avouez-moi les vraies raisons de votre geste?

– Pardon?

– N'essayez pas de ruser, ce serait inutile, les gendarmes m'ont mis au courant?

– De quoi?

– De ce que vous avez fait!

Elle s'emporte, d'un coup.

– Ça suffit, à la fin! Si vous parlez par énigmes, comment voulez-vous que je comprenne?

– Vous n'ignorez pas les sentiments que je vous porte? Alors, comprenez ce que j'ai pu endurer lorsque le chef Bollène...

– Si vous vous êtes promis de me rendre folle, vous êtes sur le bon chemin!

– C'est à cause de moi, n'est-ce pas?

Sur le bord de la crise de nerfs, Mireille hurle :

– Allez-vous vous décider, oui ou non? Que me reprochez-vous?

– D'avoir failli tuer mon fils et d'avoir assassiné ma grand-mère!

Mlle Tilleux, la bouche grande ouverte le regard atone, ressemble, durant un instant, à une noyée. Lorsqu'elle est remise du choc éprouvé, elle murmure :

– C'est une blague ou quoi?

Le comte secoue tristement la tête.

– Les gendarmes plaisantent rarement quand ils sont en service.

– Ce sont eux qui m'ont accusée?

– Oui.

– Et vous les avez crus?

– Des gendarmes... ils savent ce qu'ils font.

– Alors, ce sont des imbéciles! et pour quelles raisons, me serais-je transformée en meurtrière?

– Pour me forcer à vous épouser.

– Si tel était mon but, je m'en mordrais les doigts car, pour tout vous dire, vous me dégoûtez profondément, monsieur de la Rabatelière. Où sont les gendarmes?

– Ils doivent revenir tout à l'heure.

– Je les attendrai dans ma chambre.

⁂

Lorsqu'il fut mis au courant de ce que pensait Bollène, Horace se précipita vers Michèle afin de lui annoncer ce qu'il tenait pour une bonne nouvelle. La jeune fille le reçut assez froidement.

– Je ne vois pas en quoi la culpabilité de Mireille peut te réjouir à ce point?

– Mais, maintenant qu'on sait que c'est elle, on n'a plus de questions à se poser!

– Des questions?

– Au sujet de l'identité du ou de la coupable!

– Horace... est-ce que tu m'as soupçonnée?

– Non... pas exactement.

– Pas exactement, hein?

– Tu avais tellement envie de partir...

– Et tu as pensé que j'aurais pu tuer grand-mère pour me libérer?

– Dans ces cas-là, tu sais, on ne se rend plus bien compte...

– Je ne t'ai jamais soupçonné, moi.

– Tu m'en veux?

– Non, je suis simplement déçue. Je te croyais un esprit indépendant, irrévérencieux, libre, quoi... et tu n'es, en définitive, qu'une apparence.

– Tu es dure et injuste, Michèle... Es-tu ainsi parce que tu ne m'aimes plus?

– Comment veux-tu que je te réponde? Laisse-moi le temps de m'habituer à ton nouveau personnage...

*
**

Le chef Bollène est tellement sûr de son affaire qu'il relâche Chilpéric.

– Vous pouvez repartir où et quand vous voudrez. Tout à l'heure, je vais aller chercher la coupable, mais j'attends qu'il fasse plus sombre pour ne pas éveiller gratuitement le scandale. Pour elle et pour la famille, nous agirons le plus discrètement possible.

– Vous êtes un brave homme.

– On n'a nul besoin d'appliquer la loi avec brutalité et de blesser des innocents. Bonne chance Chilpéric!

– Et à vous aussi, Chef.

En s'éloignant de Révezat, Chilpéric s'en va à travers champs. Il est heureux de reprendre sa course à travers le monde, mais il a de la peine en songeant à la scène dont le château sera bientôt témoin. Il ne se trouve plus qu'à quelques centaines de mètres de la Rabatelière lorsque Michèle, débouchant d'un sous-bois, se dresse devant lui. Face à cette apparition inattendue, Chilpéric s'écrie :

– Que diable fiches-tu par ici?

– Je t'attendais. Tu ne veux pas qu'on parle, un moment, toi et moi?

– Si tu y tiens...

– J'y tiens.

Ils pénètrent sous le couvert et, très vite, ils dénichent le coin propice aux conversations discrètes.

– Chilpéric, quand quitteras-tu le château?

– Sitôt mon sac bouclé. Dans une heure ou deux, tout au plus.

– Tu pars pour aller où?

– Vers la mer d'abord, ensuite je ne sais pas. Vois-tu, Michèle, quand on arrive dans un port, toutes les possibilités vous sont offertes... Le monde entier est à votre disposition.

– Tu n'as pas d'argent?

– Mais si, mais si...

– Chilpéric, je voudrais partir avec toi.

– Avec moi? tu es folle!

– Je t'en prie... Cet argent dont je vais hériter nous donnera toutes les possibilités! Nous serons libres! Chilpéric, j'ai tellement besoin de respirer un autre air que celui-ci, de voir d'autres gens, d'autres décors...

– Et Horace?

– Il s'est montré sous son vrai jour, charmant et veule... C'est bien un Rabatelière!

Ils se taisent un moment et ce silence plein de bruits si particuliers à la forêt, leur est comme un bain de jouvence où ils s'enfoncent avec une secrète volupté.

– Non, Michèle, ce n'est pas possible... même maintenant, alors que tu ne veux plus d'Horace. Je ne peux pas t'emmener, Michèle... je n'en ai pas le droit.

– Mais pourquoi? Pourquoi?

– Parce que je t'aime... Oh! je devine que tu es bien embêtée, hein? tout ce que je te demande c'est de ne pas rire... Je t'ai aimée du premier moment où je t'ai vue... c'est pour cela que j'ai décidé – contrairement à mes intentions premières – de ne pas rester à la Rabatelière. Tu comprends qu'il est impossible que nous partions ensemble? Non, je t'en prie, ne pleure pas... Ne sois pas malheureuse, ça m'ôterait le courage de partir.

– Je pleure parce que je suis si heureuse...

– Heureuse?

– Tu n'as donc pas deviné que je t'aime, moi aussi?

Elle se jette sur sa poitrine, il l'enveloppe dans ses bras et ils ne s'occupent plus du reste du monde.

⁂

En arrivant au château, les gendarmes voient Horace monter en voiture. A l'approche des gendarmes, le jeune homme redescend de son véhicule et s'adresse à Bollène :

– Maintenant que vous connaissez la coupable, vous ne voyez pas d'inconvénient à ce que je retourne à mon collège?

– Je me figurais qu'avec la fortune devant vous échoir, vous n'auriez plus envie d'enseigner?

– L'université est un bon refuge pour ceux qui n'ont pas une foi assez forte pour entrer au couvent.

– Etrange propos pour quelqu'un sur le point de se marier.

– Il n'est plus question de mariage, du moins en ce qui me concerne.

– Ah?... je croyais que Mlle Michèle...

– Elle est partie... définitivement.

– Non!

– Si... – il a un ricanement plein d'amertume – et savez-vous avec qui?

– Parce qu'elle est partie avec quelqu'un?
– Chilpéric!
– Ça alors!
– Eh oui!... Je peux regagner Saint-Fortunat?
– D'accord... Si l'on avait besoin de vous, on saurait où vous trouver. Bonne chance!
– Oh! maintenant...
Les gendarmes regardent s'éloigner la voiture d'Horace et Cambourière remarque :
– On a l'air de s'aimer un peu moins, au château.
Le Chef hausse les épaules.
– Chaque fois qu'il y a une crise, le fond apparaît. Ce n'est pas toujours joli...

⁂

Clotaire avait conduit les gendarmes jusqu'à la chambre occupée par Mireille et s'était retiré. Tassée dans un fauteuil, la danseuse qui virevoltait sur le gazon, n'était plus qu'une pauvre fille apparemment traquée. Elle contemplait Bollène et son adjoint d'un air inquiet. Sans doute, était-ce la première fois qu'elle avait affaire sérieusement avec les représentants de la Loi. Léon prend son air le plus grave :
– Je pense, mademoiselle, que le comte vous a mise au courant des lourdes charges pesant sur vous?
– Rien que des sottises!
– C'est vous qui le dites!
On frappe à la porte. Furieux, le Chef grogne :
– J'avais ordonné qu'on ne nous dérange pas! Allez voir, Cambourière.
Le gendarme obéit et découvre Alphonse sur le seuil, la tête baissée.

– Qu'est-ce que vous voulez?

Le jardinier relève son visage ruisselant de larmes et, du coup, on sent que quelque chose va se passer. Léon s'avance :

– Qu'y a-t-il?

D'une voix si faible qu'ils doivent se pencher pour l'entendre, le vieil homme répond :

– Agathe est morte.

Ils ne savent quoi dire. Mireille se met à pleurer. Bollène se gratte la gorge.

– J'ignorais qu'elle fut malade?

– Elle ne l'était pas.

– Alors, de quoi est-elle?...

– Elle s'est pendue.

On entend les sanglots de la jeune femme. Le Chef, pris de court, demeure coi. C'est Cambourière qui demande :

– Pourquoi?

– Parce que c'est elle qui a tué la comtesse.

***

Tard dans la soirée, les gendarmes quittent la Rabatelière. Près de la grille d'entrée, ils aperçoivent Mireille, une valise aux pieds.

– Vous ne pourriez pas m'emmener jusqu'à Révezat?

– Nous ne sommes pas tellement désignés pour les transports en commun et puis, il est bien tard...

– J'irai coucher à l'hôtel de l'Ardèche et demain matin, je prendrai le car pour Annonay.

– Devons-nous comprendre que vous aussi, vous partez définitivement?

– Tout ce qu'il y a de plus définitivement.
– Montez!
En chemin, Cambourière s'enquiert :
– Et le comte?
– Il peut aller se faire cuire un œuf!
– Je pensais que vous deviez l'épouser?
– Vous savez, monsieur, si j'ai l'air un peu dingue, c'est que je le suis : l'argent, je m'en fous! Pour vivre toute son existence avec un homme, il faut l'aimer, pas vrai? et comment voulez-vous qu'on puisse aimer un type qui, sans hésiter, vous croit capable d'étrangler une vieille bonne femme pour lui piquer ses sous?
Le Chef soupire :
– Nous aussi, on vous a mal jugée... On le regrette.
– Vous, vous aviez une excuse : vous ne me connaissiez pas.
– Vous êtes gentille.

⁂

Inquiète, Colette, déjà couchée, surveille son mari en train de se déshabiller. Depuis qu'il est revenu à la gendarmerie, Léon semble plongé dans une humeur sombre qui ne lui est pas habituelle. La bonne figure qui, d'ordinaire, reflète la joie de vivre, est fermée et, surtout, il ne parle pas et ce silence s'affirme tellement anormal chez lui que Colette ne peut se tenir de lui demander :
– Mais, à la fin, qu'est-ce que tu as?
Bien qu'il soit en caleçon, Bollène atteint à une certaine grandeur dans sa réponse :

– J'ai que je suis indigne des galons que je porte! Je ne mérite pas l'admiration que tu nourris pour moi depuis que j'ai eu la chance de te rencontrer.

Aussitôt – âme sensible – l'épouse du Chef se met à pleurer. Quand elle peut répondre, dans un souffle, elle gémit :

– Pourquoi dis-tu de telles abominations?

Toujours en caleçons et chaussettes, Léon – tel Antoine haranguant la foule devant la dépouille de César – adresse à sa moitié un pathétique discours :

– J'ai failli commettre ma première erreur judiciaire! Un à un, je les avais tous soupçonnés ou presque tous et j'en étais arrivé à la certitude que la coupable était cette pauvre fille dont j'avais méconnu la propreté morale. J'allais l'embarquer, fier de ma victoire, lorsqu'Alphonse est venu nous annoncer le suicide d'Agathe et les raisons de son suicide. Mon amour-propre a coulé à pic sous les yeux de mon adjoint.

– Mais, Agathe a-t-elle tué la comtesse?

– Alphonse nous a tout expliqué. En réalité, parmi les hôtes de la Rabatelière, Agathe était la seule qui haïssait vraiment, profondément sa victime. Une haine viscérale que le temps fortifiait de jour en jour. Je ne sais ce que je suis porté à admirer le plus : le feu ardent d'une telle aversion ou la puissance de dissimulation de cette vieille femme qui, pendant plus de vingt ans, a su cacher ses sentiments... Ne trouves-tu pas effrayant, ma chérie, cette haine qui s'amplifiait mois après mois, au point de cacher à Agathe la réalité de lui faire écarter la tendresse entêtée d'Alphonse, de la pousser à s'en prendre à un enfant? Le jardinier nous a avoué qu'il l'avait vue pousser Fabien dans la citerne, ce qui lui a permis de sauver le petit.

– C'est tellement incroyable...

– Obnubilée par son ressentiment, Agathe était devenue folle. Elle n'avait plus guère conscience du bien ou du mal. Je veux croire qu'elle ne s'en est prise au gaçonnet que parce qu'elle savait Alphonse dans les parages immédiats.

– Cette rancune contre la comtesse, quelle en était la vraie raison?

– Une longue histoire... Agathe s'était particulièrement attachée à Armande, la dernière enfant de Yolande et elle prit hautement son parti lorsque la mère renia la fille coupable de mésalliance et plus encore lorsque la réprouvée mit au monde une petite Michèle, celle qui vient de filer avec Chilpéric. Mais la haine d'Agathe tourna à l'obsession lorsqu'Armande et son mari se tuèrent dans un accident d'auto. La servante alla jusqu'à se persuader que la maîtresse du domaine était la responsable de cette double disparition. Promue gouvernante, Agathe demeura au château pour élever Michèle. Quand la jeune fille eut atteint sa majorité, elle resta auprès d'elle afin de la protéger. C'est, du moins, l'excuse qu'elle fournit à Alphonse pour ne pas céder à sa prière de finir leurs jours ensemble.

– La protéger contre quoi?

– Contre la folie de sa grand-mère.

– Pour quelles raisons, Agathe, qui patientait depuis si longtemps, a-t-elle brusquement décidé d'assassiner sa patronne?

– Parce que la comtesse avait convoqué son

notaire pour laisser toute sa fortune à Fabien et à Clotaire, ne laissant que des broutilles à Horace, rien à Michèle et rien, bien sûr, à Chilpéric.

– Comment Agathe a-t-elle été mise au courant?

– Yolande de la Rabatelière était si contente de sa décision qu'elle ne put se tenir d'en faire confidence à la seule qui l'écoutait, loin de se douter qu'ainsi, elle signait son arrêt de mort.

Léon achève de se déshabiller, se glisse dans le lit conjugal en disant :

– Tu vois, ma grande, que je n'ai plus lieu d'être fier de moi...

Colette l'attire contre sa poitrine.

– Au contraire, mon chéri, c'est lorsque la meurtrière – qui se croyait assurée de l'impunité – s'est rendue compte que tu approchais de la vérité...

– Tu parles! J'ai failli arrêter une innocente!

– Ne dramatise pas, mon bébé! Ce n'est quand même pas à toi que j'apprendrai qu'au cours d'une enquête, on s'engage sur bien des mauvaises pistes avant d'emprunter la bonne. Si Agathe s'est pendue, cela tient à ce qu'elle avait plus de confiance que toi dans tes capacités. Elle savait que tu relâcherais Mlle Tilleux et qu'alors, tu arriverais jusqu'à elle.

– De quelle façon?

– En repensant à ce que t'a rapporté Alphonse – et que tu aurais découvert en interrogeant Fabien en présence de Mireille – à savoir que ce n'était pas la jeune femme qui avait parlé de poissons rouges à l'enfant, mais Agathe qui feignait de tenir la nouvelle de Mlle Tilleux.

– La rancune avait étiolé sa conscience.

– Celui que je plains, c'est le pauvre Alphonse...

– Il était, sans doute, le seul qui aimait sincèrement.

– Il ne risque pas d'être poursuivi?

– Qui dira qu'il était au courant de ce qui s'est passé avant qu'Agathe ne mette fin à ses jours, juste après s'être confessée? Sûrement pas moi...

– Je t'aime, Léon.

Bollène éteint la lumière, Colette se blottit contre lui et les deux éternels tourtereaux écoutent, un moment, leurs cœurs battre à l'unisson, avant que le Chef ne remarque, mélancolique :

– La première fois que nous sommes allés à la Rabatelière, Cambourière et moi, je ne me rappelle plus qui, de nous deux, a proposé – après avoir entendu les habitants de ce lieu privilégié nous assurer que celui-ci aimait celle-là, que celle-là adorait celui-ci que cet autre chérissait une belle indifférente – d'appeler le domaine où régnait la comtesse, « Le Château des grandes amours ».

– C'était joli...

– Tout à l'heure, lorsque nous sommes rentrés, après avoir appris que Michèle avait plaqué Horace, que Mireille abandonnait Clotaire et qu'Alphonse irait jusqu'au bout de sa route, seul, Cambourière m'a suggéré de nommer la Rabatelière, « Le château des amours mortes »... Je pense qu'il a raison.

Les Maîtres du Roman Policier

Première des collections policières en France, Le Masque se devait de rééditer les écrivains qu'il a lancés et qui ont fait sa gloire.

ANDREOTA Paul
1935 La pieuvre
1975 Zigzags

ARMSTRONG Anthony
1859 Dix minutes d'alibi

BERKELEY Anthony
1880 Une erreur judiciaire
1911 Le gibet imprévu
2008 Sans remords *(mai 90)*

BIGGERS Earl Derr
1730 Le perroquet chinois

BOILEAU Pierre
252 Le repos de Bacchus
(Prix du Roman d'Aventures 1938)
1938 La pierre qui tremble

BOILEAU-NARCEJAC
1748 L'ombre et la proie
1829 Le second visage d'Arsène Lupin
1868 La poudrière
1889 La justice d'Arsène Lupin

BONETT J. & E.
1916 Mort d'un lion

BRUCE Leo
261 Trois détectives
1783 Sang-froid

CARR John Dickson
719 Passe-passe
1274 Impossible n'est pas anglais
1843 Les yeux en bandoulière
1863 La maison du bourreau
1876 La mort en pantalon rouge
1891 Le naufragé du Titanic
1906 Meurtre après la pluie
1910 La maison de la terreur
1926 Patrick Butler à la barre
1946 La police est invitée
1950 Mort dans l'ascenseur
1954 Les meurtres de Bowstring
1957 Le retour de Bencolin
1960 Le meurtre des mille et une nuits
1968 Eh bien, tuez maintenant!
1973 A réveiller les morts
1976 Arsenic et boutons de manchette
1979 Lune sombre
1986 La chambre ardente
1991 Hier, vous tuerez *(fév. 90)*
2001 Capitaine Coupe-gorge *(mars 90)*
2005 Le mort frappe à la porte *(avril 90)*
2007 Il n'aurait pas tué patience
(mai 90)
2012 Celui qui murmure *(juin 90)*

CRISPIN Edmund
1839 Un corbillard chasse l'autre
1935 Prélude et mort d'Isolde

DARTOIS Yves
232 L'horoscope du mort

DIDELOT Francis
1784 Le coq en pâte

DISNEY Doris Miles
1811 Imposture

DUCHATEAU A.P.
1984 La 139e victime

ELLIN Stanley
1670 Le compagnon du fou
1682 La puce de Beidenbauer
1702 La douzième statue
1729 La dernière bouteille

FAIR A.A.
1745 Bousculez pas le magot
1751 Quitte ou double
1770 Des yeux de chouette
1905 Le doigt dans l'œil
1913 Les souris dansent
1941 L'heure hache

1990 Des perles aux corbeaux *(fév. 90)*
2013 Une belle jambe *(juin 90)*

FAST Julius
1901 Crime en blanc

GARDNER Erle Stanley
1797 La femme au masque

GASPAR José da Natividade
457 Les corps sans âme
597 Congrès gastronomique

GERRARD Paul
1945 La chasse au dahu
1964 La javanaise
1985 Les incandescentes
2003 Le masque de verre *(avril 90)*

GOODIS David
1823 La police est accusée

GRAFTON C.W.
1927 Feu mon beau-frère

HALL G. Holliday
1892 L'homme de nulle part

HEYER Georgette
297 Pourquoi tuer un maître d'hôtel?

IRISH William
1875 Divorce à l'américaine
1897 New York blues

JEFFERS H. Paul
1807 Irrégulier, mon cher Morgan

KASSAK Fred
1932 On n'enterre pas le dimanche
1943 Nocturne pour assassin
1981 Une chaumière et un meurtre
2004 Plus amer que la mort *(avril 90)*

KASTNER Erich
277 La miniature volée

LEBLANC Maurice
1808 Arsène Lupin, gentleman cambrioleur

LEBRUN Michel
1759 Plus mort que vif
1970 Un revolver, c'est comme un portefeuille
1993 Les ogres *(fév. 90)*

LOVESEY Peter
1201 Le vingt-sixième round
1798 La course ou la vie
1803 Le bourreau prend la pose
1869 Bouchers, vandales et compagnie
1888 Ô, mes aïeux!

MILNE A.A.
1527 Le mystère de la maison rouge

NARCEJAC Thomas
355 La mort est du voyage *(Prix du Roman d'Aventures 1948)*
1939 Le mauvais cheval

PALMER Stuart
1783 Hollywood-sur-meurtre

QUENTIN Patrick
251 L'assassin est à bord
1860 Lettre exprès pour miss Grace
1947 La mort fait l'appel

SAYERS Dorothy L.
174 Lord Peter et l'autre
191 Lord Peter et le Bellona Club

SÉCHAN O. et MASLOWSKI I.
395 Vous qui n'avez jamais été tués *(Prix du Roman d'Aventures 1951)*

SINIAC Pierre
1949 Des amis dans la police
1983 Sombres soirées chez Mme Glauque

STAGGE Jonathan
1736 Chansonnette funèbre
1789 Du sang sur les étoiles
1809 La mort et les chères petites
1818 Le taxi jaune
1833 Pas de pitié pour la divine Daphné

STEEMAN Stanislas-André
84 Six hommes morts (Le dernier des six) *(Prix du Roman d'Aventures 1931)*
95 La nuit du 12 au 13
101 Le mannequin assassiné
113 Un dans trois
284 L'assassin habite au 21
305 L'ennemi sans visage
388 Crimes à vendre
1772 Quai des Orfèvres (Légitime défense)
1854 Le trajet de la foudre
1864 Le condamné meurt à 5 heures
1902 Le démon de Sainte-Croix
1955 Madame la mort
1980 Dix-huit fantômes (Dortoir des grandes)
2006 La maison des veilles *(avril 90)*

STERLING Thomas
1992 Le tricheur de Venise *(fév. 90)*

THOMAS Louis C.
1780 Poison d'avril
1969 La mort au cœur

VERY Pierre
60 Le testament de Basil Crookes
(Prix du Roman d'Aventures 1930)
1987 L'inconnue du terrain vague

2009 M. Marcel, des Pompes funèbres
(mai 90)

WALSH Thomas
1872 Midi, gare centrale

WAUGH Hillary
1814 Cherchez l'homme
1840 On recherche...
1884 Carcasse

Le Club des Masques

BARNARD Robert
535 Du sang bleu sur les mains
557 Fils à maman

CASSELLS John
465 Solo pour une chanteuse

CHRISTIE Agatha
(86 titres parus, voir catalogue général)

DIDELOT Francis
524 La loi du talion
488 Le double hallali

ENDRÈBE Maurice Bernard
543 Gondoles pour le cimetière

EXBRAYAT
(96 titres parus, voir catalogue général)

FERRIÈRE Jean-Pierre
515 Cadavres en vacances
536 Cadavres en goguette

FOLEY Rae
527 Requiem pour un amour perdu

HINXMAN Margaret
542 Le cadavre de 19 h 32 entre en gare

KRUGER Paul
513 Brelan de femmes

LONG Manning
519 Noël à l'arsenic
529 Pas d'émotions pour Madame

SALVA Pierre
503 Le trou du diable

SIMPSON Dorothy
533 Le chat de la voisine

STEEMAN Stanislas-André
586 L'assassin habite au 21
587 Six hommes morts
588 Le condamné meurt à 5 heures
589 Légitime défense (Quai des Orfèvres)
590 Le trajet de la foudre
592 La nuit du 12 au 13
594 Le mannequin assassiné *(mars 90)*
596 Un dans trois *(mai 90)*

THOMSON June
521 La Mariette est de sortie
532 Champignons vénéneux

UNDERWOOD Michaël
531 La main de ma femme
538 La déesse de la mort

LE MASQUE

AMELIN Michel
1952 Les jardins du casino
(Prix du Festival de Cognac 1989)

BACHELLERIE
1791 L'île aux muettes
(Prix du roman d'Aventures 1985)
1795 Pas de quoi noyer un chat
(Prix du Festival de Cognac 1985)
1796 Il court, il court, le cadavre
1800 La rue des Bons-Apôtres

BRETT Simon
1787 Le théâtre du crime
1813 Les coulisses de la mort
1972 Les gens de Smithy's

BURLEY W.J.
1762 On vous mène en bateau

CHRISTIE Agatha
(86 titres parus, voir catalogue général)

COLLINS Max Allan
1966 Un week-end tuant

EXBRAYAT
(96 titres parus, voir catalogue général)

GRISOLIA Michel
1846 L'homme aux yeux tristes
1847 La madone noire
1874 La promenade des anglaises
1890 650 calories pour mourir
1930 Question de bruit ou de mort

HALTER Paul
1878 La quatrième porte
(Prix du Festival de Cognac 1987)
1922 Le brouillard rouge
(Prix du roman d'Aventures 1988)
1931 La mort vous invite
1967 La mort derrière les rideaux
2002 La chambre du fou *(mars 90)*

HAUSER Thomas
1853 Agathe et ses hommes

JONES Cleo
1879 Les saints ne sont pas des anges

LECAYE Alexis
1963 Un week-end à tuer

SALVA Pierre
1739 Quand le diable ricane
1828 Le diable au paradis perdu

TAYLOR Elizabeth A.
1810 Funiculaire pour la morgue

TERREL Alexandre
1733 Rendez-vous sur ma tombe
1749 Le témoin est à la noce
(Prix du Roman d'Aventures 1984)
1757 La morte à la fenêtre
1777 L'homme qui ne voulait pas tuer
1792 Le croque-mort de ma vie
1801 Le croque-mort s'en va-t-en bière
1822 Le croque-mort et les morts vivants
1867 Le croque-mort et sa veuve
1925 Le croque-mort a croqué la pomme
1997 Le croque-mort s'en mord les doigts *(mars 90)*

UNDERWOOD Michaël
1817 Trop mort pour être honnête
1842 A ne pas tuer avec des pincettes

VARGAS Fred
1827 Les jeux de l'amour et de la mort
(Prix du Festival de Cognac 1986)

IMPRIMÉ EN FRANCE PAR BRODARD ET TAUPIN
Usine de La Flèche (Sarthe).
ISBN : 2 - 7024 - 2068 - 0
ISSN : 0768 - 0384

H 31/0725/7